JN272488

赤毛のアン&花子の生き方とヘレン・ケラー奇跡の言葉

強く、たくましく、しなやかに生きる知恵

編著◆アンと花子さん東京研究会

JINGUKAN

アンと花子とヘレン・ケラー、三人をつなぐ不思議な共通点とは
まえがきに代えて

本書のタイトルを見て、まず「なぜ？」と思った人が多かったかもしれません。モンゴメリ著『赤毛のアン』と、その本を日本で初めて翻訳した村岡花子の関係はわかったとしても、なぜここにもう一人、「三重苦の聖女」ヘレン・ケラーが登場するのか、すぐには理解できないと言われそうです。

もちろん、村岡花子のことをすこし詳しく知る人なら、ヘレン・ケラーが来日したとき、花子がヘレンの講演会で通訳をしたことまでは知っているでしょう。しかし、アンと花子と並んで取り上げられるほどの共通性が、ヘレン・ケラーにあるとは普通は思えなくて当然です。

しかし、私たちはこのたび『赤毛のアン』のシリーズや、作者モンゴメリについてのさまざまな資料、村岡花子自身のエッセイの数々や、花子について書かれた最新の文献をはじめ、花子自身が書いたものを含むヘレン・ケラーの伝記、そしてヘレン自身の手になる自伝やその他の著作などを読み直していくうちに、ヘレンとこの二人、ア

ンと花子には、大変重要な共通点があることに気づかされました。

そしてその共通点こそが私たちを惹きつけ、若いときから年を重ねてまでも、私たちの悩み多き人生の励ましや勇気づけになってくれている秘密なのではないかと思ったのです。

幾多の困難を乗り越え翻訳の道へ

三人のうち、自分の訳した『赤毛のアン』の主人公アンやヘレン・ケラーほどには世間から知られていなかった村岡花子ですが、ここにきて２０１４年前期のＮＨＫ連続テレビ小説『花子とアン』のヒロインとして一躍脚光を浴びる存在になりました。

花子は１８９３年6月21日、山梨県の甲府市で安中逸平・てつ夫妻の長女(本名・はな)として生まれています。ドラマとは違い、もともとクリスチャンの家庭で、その後一家で上京し、花子は東洋英和女学校で高等科まで10年間学びます。

卒業後、山梨英和女学校や出版社の勤務を経て、１９１９年、26歳のとき印刷会社の経営者・村岡儆三と結婚し、村岡姓となります。

生まれ故郷の学校での教師時代に童話が雑誌に掲載され、先生が書いた童話として話題にもなりました。これが、花子の文筆家への第一歩だったと言えます。

この学生時代から結婚生活への道のりの中で、「腹心の友」と呼び合った歌人・柳原白蓮《びゃくれん》や片山廣子《ひろこ》などと知り合ったり、好意を抱き合いながら別れざるをえなかった失恋事件や、家族問題を抱えた相手とのむずかしい結婚問題で胸を痛めたり、さらにはその結婚で得られた最愛の長男を6歳の誕生日直前というかわいい盛りで失うなど、さまざまな経験をしました。

そうした苦難を背負いながらも、勧められて翻訳の仕事を始め、マーク・トウェインの『王子と乞食』を皮切りに、オスカー・ワイルドの『しあわせな王子さま』、ジーン・ウェブスターの『あしながおじさん』、ウィーダの『フランダースの犬』、ルイス・キャロルの『ふしぎな国のアリス』など、次々に名作の翻訳出版を手がけるようになります。

1932年から太平洋戦争開戦の1941年までは、ラジオの子供番組に出演し、「ラジオのおばさん」としても親しまれました。当時のエッセイなどを読むと、ラジオから語りかける花子を頼って、さまざまな人生上の悩みを寄せてくる人もいたようです。

生活者としての視点を失わない花子の感性

そんな中で、花子とアンの運命的な出会いが用意されていました。戦争への足音が高くなる1939年、カナダへ帰る宣教師の一人から、『Anne of Green Gables（緑の切妻屋根のアン）』という本を贈られたのです。

これこそのちに、『赤毛のアン』として日本中の女性たちから愛されることになる翻訳本の原書でした。花子は、この原書を戦時中にもかかわらず大事に持ち歩いて翻訳を進め、終戦後間もない1952年に出版しました。

その後、花子はこのアンのシリーズをはじめ、数々の翻訳作品や創作童話、そして一人の女性としてまた母として、とくに生活者としての視点を失わないエッセイの数々で読者の心を捉えました。ヘレン・ケラー三度目の訪日のときに、講演の通訳をしたのは1955年のことでした。

1960年には、児童文学への貢献によって藍綬褒章を受章しましたが、3年後にはよき理解者だった夫を失い、自身もその5年後、脳血栓によって世を去りました。

花子は、まだまだ男性社会が当たり前だった時代に、男性に遜色ない、というよりはむしろ女性としての感性や能力を、存分に生かした「生き方」をした類まれな人だったと言えるでしょう。

こうした生き方が、アンやヘレンにどう重なり、私たち後世の人間にどんな影響を与えてきたのか、この三人の共通性を探る中で明らかにできればと思います。

執筆にあたった私たちは、『赤毛のアン』を生涯の「腹心の書」とする女性何人かを含む文筆家の集団です。

私たちのこのささやかな思いを、汲み取っていただければ幸いです。

２０１４年６月

アンと花子さん東京研究会

目次

第3章 夢と希望を生み出した三者三様の楽天性

第6章 バイブル『赤毛のアン』の魅力と「腹心の書」の周辺

引用文献の表示について

引用した文献については、引用のつど出典の文献名・情報源名とページ数、あるいはネットのURLなどを明記した（ただしURLの中には閉鎖されたものもあることをお断りしておく）。

各文献の発行日・発行元・版数・刷数など詳しい情報は、その文献の初出箇所に記した。

発行日の年号は西暦に、仮名遣いと漢字は特別なものを除いて新仮名遣い、常用漢字に準拠した。

L・M・モンゴメリ著『赤毛のアン』に関しては、とくに断りがない限り、用語・用字、ページ数等につき、村岡花子訳、新潮文庫の最新版「2008年2月25日発行、2013年6月10日10刷」に準拠した。

引用文中の中略箇所に関しては「（中略）」または「……」で表記した。

時空を超えた
アンと花子&ヘレン
「奇跡のつながり」

第1章

Anne Shirley & Muraoka Hanako,
Helen Adams Keller

「アンの連鎖」に象徴される「奇跡の言葉」

「アンからアンへ引き継がれた人気ドラマのヒロインは、
このアンを愛しながら、また別のアンとその教え子を愛し、
このアンを芝居で演じた二人のアンがいて、
さらに同じように世界の女性に愛されたアンネも、
同じつづりの名前だった……」

これはいったい、なんのことかおわかりですか?

偶然の一致とは言い切れないような奇跡的な「アンの連鎖」ですが、じつはこの「アンの連鎖」に象徴される「言葉の奇跡」こそ、本書のテーマであると言っても過言ではありません。

まず「アンからアンへ」ですが、それはごく最近のことです。

このところ、NHKの連続テレビ小説、通称「朝ドラ」のヒットが続いています。毎

朝定刻に繰り返される15分という短いドラマなので、以前は「時計代わり」と冷やかされることもあったようです。

しかし、最近は、終わったあとに言いようのない寂寥感に襲われる「○○ロス」さえ話題になるほどの人気ドラマが続いているのです。

前作『ごちそうさん』も大ヒットし、前々作『あまちゃん』が終わったあとの「あまロス」から「ごちロス」へと、見事にバトンタッチされました。そして、2014年度前半の『花子とアン』も、スタート以来、好評を博しています。

花子もアンも、男性たちにはあまりなじみのない名前かもしれません。しかし、花子すなわち村岡花子が、1952年に日本で初めて翻訳出版したL・M・モンゴメリ作『赤毛のアン』〔原題：Anne of Green Gables「緑の切妻屋根のアン」1908年初版、日本語翻訳版・三笠書房1952年、新潮文庫1954年〕は、少女たちが必ず読むと言われる作品です。

まさに、少女たちのバイブルと言ってもいいでしょう。

前作『ごちそうさん』の主役だった杏さんは、自分もまた『赤毛のアン』の大ファンであることを明かしています。

杏さんは、NHKで行われたバトンタッチ・セレモニーでは、「杏からアンへなどと言われそう」と、どこかうれしそうに語っていました。

また「杏」といえば、舞台を中心に活躍している鈴木杏さんも同名であり、彼女は本書で取り上げるもう一人のヒロイン、ヘレン・ケラーと深い関係があります。

舞台『奇跡の人』で、最初はヘレン・ケラー役を、6年後にはヘレンを導いたアン(アニー)・サリバン役を演じています。ここにも二人「アン」がいました。

そう言えば、アメリカでの舞台で絶賛されたサリバン役は、アン・バンクロフトでしたから、まさに「アン、アン、アン」のオンパレードで、偶然とはいえ不思議なこの「アンの連鎖」に驚かされます。

さらに、女性たちの愛読書として欠かせない作品に『アンネの日記』がありますが、この「アンネ(Anne)」は、英語読みではもちろん「アン」ですから、「アンの連鎖」にまた一つが加わります。

さて、『ごちそうさん』の主役・杏さんは、ご自分の「アン体験」について、2011年、アニメ映画『赤毛のアン~グリーンゲーブルズへの道』の公開に際し、同映画のホームページで、じつに興味深い文章を寄せています[http://www.ghibli-museum.jp/anne/kataru/anne/]。

「赤毛のアンを語る　同じ名前の女の子」と題した文章ですが、要約すると、こんな内容です。

小さいころは、今よりもずっと強い癖毛で、色も茶色で、背も高かったので、男の子からはよく「ガイジン」とからかわれるのが嫌でした。でも、親に愚痴を言うと、「赤毛のアンだね」と微笑むのでした。初対面の人に名前を言うと、やはり、「赤毛のアンちゃんね」と言われるので、赤毛のアンは気になっていました。

アニメの『赤毛のアン』が放映されたのは、私が生まれる前で、子どものときは見ることができなかったのですが、先日、大人になって見る機会を得ました。見ていて、アンと共通するところ、共感する部分が多くて、あつかましくも「アンと私は似ているな」なんてつぶやいてしまいました。

じつは、杏さんだけではありません。『赤毛のアン』を読んだ少女たちは、ほとんど全員、アンの中に自分自身を投影しているのです。

杏さんのこの記事を目にした女性たちは、さらにこの文章の次の部分をどう感じたでしょうか。

養母マリラに名前を聞かれたアンが「アンって呼んでもいいけれど、後ろにEの付いたアンで呼んでね」というシーン。

同じことを私はしていました。パスポートでは「AN」にしかできないけれど、それだけだと少し寂しい。

私は今も、普段の生活で名前を英語で表記するとき、「ANNE」としています。Nを一つ足して後ろにEがつくだけでほんのり華やかになる気がするのです。

杏さんが、『赤毛のアン』を知る以前から、このように表記していたことを知った女性たちは、きっと杏さんにうらやましいような、妬ましいような気持ちを抱いたに違いありません。

それほど「アンの世界」は、全世界の女性たちに愛されているのです。

人生とは興奮に満ちた仕事の実践である。
最も興奮するのは、
他人のために生きるときだ。

ヘレン・ケラー著、岡文正監訳『楽天主義』
［サクセス・マルチミディア・インク、2005年3月31日初版発行、36ページ］

Helen Adams Keller

なぜ今、アンと花子&ヘレン・ケラーなのか

それにしても、なぜ今の時代に、「村岡花子」をヒロインにしたドラマが制作されるのでしょうか。

もちろん、世の女性たちにとっては、この名前は『赤毛のアン』との思い出の中にしっかりと残る懐かしい名前ではあります。しかし、最近、花子やアンに関して、とりたてて話題になる出来事があったわけでもありません。

朝ドラ『花子とアン』の原案になった花子のお孫さん、村岡恵理さんの著書『アンのゆりかご　村岡花子の生涯』〔新潮文庫〕は、つい3年前の2011年8月に出版されています。しかしながら、これも評価の高い名著・力作ではありますが、それほどベストセラーになっていたわけではありません。

こんなこともありました。甲府にある「山梨文学館」には、同県ゆかりの文学者や刊行物にまつわる歴史資料がたくさん収録されていて、東京ではお目にかかれない貴重な出会いが得られます。たとえば、NHKの大河ドラマで『龍馬伝』の放映が決ま

ったとき、私たちはここを訪れたことがあります。

坂本龍馬の婚約者とされた千葉道場の女性剣士・千葉佐那の墓が甲府にあり、その墓石の裏側に「坂本龍馬室」(「龍馬の妻」の意)と彫られています。

佐那は、待っていた龍馬が暗殺されたあと、女子学習院の舎監を務めるなどしていましたが、龍馬の7回忌がすんだ30代半ばに一度は嫁いだものの、その後別れて、千葉家に伝わる鍼灸術を生かし、58歳で死ぬまで一人で生きました。

縁あって、佐那は甲府在住の文化人と親交を結び、当時の雑誌「女学雑誌」(明治26年9月2日、第352号17〜19ページ)に、甲府を訪れたときのインタビュー記事が載りました。その雑誌が同文学館にあるというので、閲覧に行ったのです。

しかし、この佐那の資料を見る前に、文学館に入ると同時に目に飛び込んできたのが、なんと村岡花子に関する展示だったのです。

正直言って、なぜここに村岡花子がいるのか急には飲みこめず、不意を突かれました。説明を読んで、甲府が村岡花子の出身地であり、教師としての赴任地でもあったことを知ると、こみあげてきた懐かしさのあまり、しばらくのあいだ入館の目的を忘れて、展示に見入ってしまいました。

何年ぶりでしょうか。表紙がよれよれになるまで愛読した『赤毛のアン』の文庫本

［村岡花子訳、新潮文庫、昭和29年7月28日発行、昭和51年10月15日49刷］は遠く信州の家に保管されていますが、最近は触っていませんでした。英語の原書も一緒に書棚に眠っています。はるかな青春時代を思い出すとともに、毎日慌しく生活に追われる日々の中で、長いこと忘れていた何か大事なものに久しぶりに巡り合ったような気がしました。

つまり、それほど日ごろは遠ざかっていたアンや花子の世界だったのです。

しかし、このたびのドラマ化を聞いて、そのとき何気なく感じた「忘れていた何か大事なもの」の感触を思い出しました。

じつはそれが「なぜ今、アンと花子&ヘレン・ケラーなのか」の答えにつながるような気がするのです。

さらに言えば、こうして波乱の一生を自分の仕事とともに凛々しく生きた千葉佐那という女性の導きで、思いがけずアンと花子に再会でき、それが本書の仕事にもつながったことに不思議な縁を感じます。

ＮＨＫの朝ドラが『花子とアン』に決まったとき、２０１３年6月15日のＮＨＫオンラインで、制作統括・加賀田透氏の「制作にあたって」という文章が発表されました［http://www9.nhk.or.jp/dramatopics-blog/1000/160065.html］。

それによると……、

「アンのゆりかご」を読むと、「赤毛のアン」を翻訳した村岡花子には、不思議にアンとの共通点が多いことに気づきます。花子自身も、翻訳を続けながら自分の歩んできた道を振り返ったのだろうと想像されます。(中略)

しかし、アンの人生にやがて第一次大戦の暗い影がさすように、花子の人生にも次々に困難が襲います。それでも花子は、翻訳という仕事を通して夢を、希望を送り届けたいと願っていたのです。(中略)

「曲がり角をまがったさきになにがあるのかは、わからないの」

この印象的な一節を訳していた花子は、戦争のさなかにあって、それでも曲がり角の先を信じようとしていたのではないでしょうか。

曲がり角の先に、花子はどんな未来を想像していたのでしょうか。今、先の見えない曲がり角に立つ日本に、夢と希望をもたらすドラマにしたいと思っています。

たしかに今、私たちの周辺は、日本という国レベルでも会社や組織のレベルでも、先の見えない大きな曲がり角にさしかかっていると言えます。

と同時に、一人ひとりの人間として、一人の女性、一人の男性としての生き方にも、その曲がり角での新たな選択が迫られるでしょう。

見えない曲がり角の先には、もちろん不安や疑問もあるでしょう。

しかし、そのときこそ、アンや花子、そして不思議な「アンの連鎖」で結ばれた世界に思いをはせることで、今まで「忘れていた何か大事なもの」を思い出せるのではないでしょうか。

そうすれば、アンや花子やヘレン・ケラー、そしてアンネ・フランクまでも含め、どんな境遇にあっても自分を励まし、希望を持ちつづけられる「言葉の奇跡」が立ち現れて、あなたに手を差し伸べてくれるに違いありません。

いままでどおり夢はあるわ。
ただ夢のあり方が変わったのよ。（中略）
いま曲り角にきたのよ。
曲り角をまがったさきに
なにがあるのかは、わからないの。
でも、
きっといちばんよいものにちがいないと思うの。

モンゴメリ著、村岡花子訳『赤毛のアン』
［新潮文庫、2013年6月10日10刷、516ページ］

Anne Shirley

アンの人生とモンゴメリ、花子の人生に共通するもの

NHKのドラマ制作者も「アンと花子には共通性がある」と言っていましたが、まさに私たちの言う「アンの連鎖」もそれを踏まえています。

主要な登場人物や作者たちには、先に述べた名前にまつわる不思議な連鎖のほかに、生まれや育ち方、そしてその人生にも、たしかに不思議な一致点があるのです。

『赤毛のアン』のヒロイン、アン・シャーリーは、第5章「アンの身の上」の中［70～77ページ］でアンが自ら話しているように、生後3か月のとき、まず母を、次いでその4日後に父も同じ熱病で亡くしてしまいます。

まったくの孤児になってしまったアンは、誰もほしがってくれる人がいない中で、10歳まで開墾地などで子守りや手伝いをして育ち、やがて孤児院に入りました。

そして4か月経ったとき、この物語のスタートになるグリン・ゲイブルズ（緑の切妻屋根）のクスバート家への養子話が持ち上がります。ここではマシュウ、マリラという年老いた兄妹が、働き手として男の子の養子を探していたのに、どうした話の食い違

いか、女の子のアンが送られてきてしまったのでした。

こうした話の発端には、作者L・M・モンゴメリの体験が色濃く反映していると言われます。彼女もアンほどでありませんが、大変な幼年時代を送ったのです。

『険しい道——モンゴメリ自叙伝』〔山口昌子訳、篠崎書林、1979年3月15日発行〕や、松本侑子訳『赤毛のアン』〔集英社文庫、2013年6月8日第10刷〕の解説〔542〜545ページ〕などによると、モンゴメリが生まれたのはカナダの東岸、セントローレンス湾内にあって、ノバスコシア州に隣接するカナダ最小の州（とは言え愛媛県とほぼ同じ）であるプリンス・エドワード島。その中央北部のクリフトン（現在のニュー・ロンドン）というところです。

しかし、1歳9か月のとき母が結核で死に、父がカナダ西部へ移住したため、生地から10キロほど東のキャベンディッシュに住む母方の祖父母に引き取られます。

ここで15歳という思春期真っ只中まで育ったのですが、このキャベンディッシュこそ『赤毛のアン』の舞台となったアボンリー村のモデルになったところです。

『険しい道——モンゴメリ自叙伝』でも、この環境を詳しく書いたことに触れ、「その理由は、わたしの生活そのものが、わたしの文才を発展させるのにいちじるしい影響を与えたからでした。（中略）あのキャベンディッシュの歳月がもしなかったならば、『赤毛のアン』はけっして書かれなかったと思います」と書いています〔70ページ〕。

15歳のとき、いったん再婚した父のもとに行きますが、11しか年の差がない義母に子どもの世話や家事でこき使われ、結局、祖父母のもとに戻ってしまいます。

作中のアンには、こうした自分の経験以上の過酷な運命を背負わせますが、おそらくそれも自分にそうした経験がなければ、できないことだったのでしょう。

生母の家系は文学的な素養はあったようですが、祖父母はなかなか厳しくてあまりいい印象は持っていなかったようです。しかし、そうした中で自分の世界を創るようにして書きはじめた作品が、次第に認められるようになっていったのです。

おそらくアンのように、想像の世界で自由を謳歌しようとしたのでしょう。

村岡花子とアンの最大の共通性は、この部分、つまりいろいろな意味で制約や不自由がある中でこそ、精神の自由さや、内へ内へと内面に向かう心の自由さを失わないでいたい、ということだったでしょう。

このことについては、あとの章でまた詳しく触れたいと思います。

そこであたしは、
川の上流のほうにある
小さな開墾地の切り株の中で
小母さんと暮らすことになったの。
とてもさみしいところだったわ。
もし想像力がなかったら、
あそこに住んでいられなかったと思うわ。

モンゴメリ著、村岡花子訳『赤毛のアン』
［新潮文庫、2013年6月10日10刷、72～73ページ］

Anne Shirley

どんな悲劇の「三重苦」をも希望に変える言葉の「三重奏」

アンと花子のこうした心の自由さにおける共通性は「三重苦の聖女」ヘレン・ケラーにおいて、もっと明らかでしょう。

ヘレンにとっては、アンと花子以上にこのこと、つまりあらゆる制約を超える精神や想像の自由さが、痛切な意味を持っていたに違いありません。

ヘレンの場合は肉体的な三重苦と、そこから生じる精神的、あるいは人格的な面にまで及ぶ重荷を幼少時から負っています。

その意味では、ヘレンの幼時体験はアンやモンゴメリ以上の悲痛なものだったでしょうが、花子にはそこまで苛烈な幼時体験はありません。

ドラマ『花子とアン』では、生家の設定を貧農にして花子に苦労をさせていましたが、これはドラマの随所に出てくるアンになぞらえた演出の一つでしょう。

アンと作者・モンゴメリの共通性と同様に、訳者・花子とアンにも、その境遇の違いを超えて通じ合うものがあったということです。

しかし現実の花子にも、まもなく過酷な運命の試練が訪れます。最初の恋の破綻は、男性の態度への花子自身の不満もあり、最終的には冷静に切り抜けた花子でした。

しかし、次に訪れた妻子ある男性との禁じられた愛を、内心の呵責と闘いながら実らせていく過程は、おそらく身の細る思いだったでしょう。

これについては、花子自身のエッセイなどでは、うかがい知ることができない世界です。

孫の村岡恵理さんが書いた前述の『アンのゆりかご』にして初めて可能な追跡と、当人同士の往復書簡の公開によって明らかにされています。

そうした葛藤を経て、やっと得られた幸せな結婚生活の中で、花子の人生にとって最大の試練が訪れます。

まだ満6歳直前だった最愛の一人息子・道雄を病気で失ってしまったのです。花子はエッセイでこの子の年を、「7歳」とか「7年」と繰り返しています。もちろん当時の年齢の数え方は、いわゆる「数え年」だったでしょうから、その数え方では7歳になります。しかし、この薄命の子にすこしでも長い生を与えたかった花子の母心が、そこに偲ばれるような気がするのです。

取り乱しながら、それでも心に鞭打って書きとめた当時のいくつものエッセイに、その悲痛な心中を察することができます。

じつは作中のアンも、身内の死では何度もつらい思いを味わっています。物心つかないころの実父母の死は、ほとんど記憶にないでしょうが、シリーズ第1作の『赤毛のアン』での養い親であるマシュウの死は、アンにとって初めての愛する身内の死でした。

それにも増してつらかったのは、花子と同じように愛児を失った経験でしょう。シリーズ第6作『アンの夢の家』第4章で、念願のギルバートとの結婚を果たしたのですが、第19章では、幸せの中で産んだ最初の女の子を、たった一日の命で亡くしてしまいます。

花子がこの本を訳したのは、長男を失って30年も経ってからですが、おそらくアンの悲しみに今さらのように当時の自分を重ね合わせていたに違いありません。

初恋の破綻という意味では、ヘレン・ケラーもアン・サリバンによって能力を開花させ、目覚ましい活動を始めたころ、たった一度の恋でつらい体験をしました。

臨時に秘書として来てもらった新聞記者の青年と、相思相愛の仲になるのですが、母親の激しい反対にあって、ついにあきらめざるをえなくなったのです。

こうしてアンと花子とヘレン・ケラーの人生を見てくると、じつに多くの点で重なり合うものがあるのに改めて驚かされます。

アンはカナダ、花子は日本、そしてヘレンはアメリカと、生きた場所も異なり、そして背景となる時代も微妙にずれている三人ですが、そうした「時空」の隔たりを超えて奇跡のつながりを感じます。

そして、それ以上の共通点は、彼女たちがいずれもそうした山あり谷あり、曲がりくねった苦難の道を、けなげに受け入れて歩み切ったということです。

ヘレンの「三重苦」に代表される人生の波乱は容赦なく三人を襲います。

しかし、彼女たちは女性特有のしなやかさでそれをかわし、絶望を希望に、苦しみを歓びに変えていきます。

しかも、こうした彼女たちの生き方の秘密を解くカギとして、象徴的な一人の詩人の名が浮かび上がってきます。その名はロバート・ブラウニング。

この名に聞き覚えのある人は多いでしょう。最近の教科書に載っているかどうかは確認できませんでしたが、私たちの学生時代、上田敏の名訳で教科書に載っていた「春の朝」という詩の作者として記憶していました。

「時は春、日は朝《ひ あした》」で始まり、「神、そらに知ろしめす。すべて世は事も無し」で終わる短い詩でしたが、なにか子供心に印象に残り、その後も折に触れふっと脳裏をよぎることがありました。そしてその都度、不思議に安らいだ気分、前向きな気持ちになれたような気がしたものです。

この詩人の謳いあげた詩、奏でた歌の中に、彼女たちが夢や希望を失わないで生きつづけられた「魔法の言葉」「奇跡の言葉」が込められていたようです。

こうしてこの三人の生き方を重ねて見ていくと、さまざまな悲劇の「三重苦」もしだいに影をひそめ、明るい希望の「三重奏」が聞こえてくるような気がします。

その「三重奏」を奏でるのに、この三人の奏者がなによりの「楽器」として用いたのが、知らず知らずのうちに件《くだん》の詩人から受け継いだように、それぞれが磨き上げた独自の世界を持つ「言葉」の数々でした。

人生のどんな状況にあっても、自分の想像力によって生き生きとした「言葉」を紡ぎ出し、その言葉の力によって生きる希望や歓びを生み出していったのです。

以下の章で、その「奇跡の言葉」の「三重奏」を味わっていくことにしましょう。

たとえ驚くほど豊かな人生経験をもっていても、
もしそこに克服すべき障害が何もなかったら、
克服したという歓びの見返りが
いくぶん失われてしまうことでしょう。
もし渡るべき暗い谷間がなかったら、
山頂での休憩のすばらしさは
半減してしまうことでしょう。

ヘレン・ケラー著、高橋和夫・島田恵共訳『奇跡の人の奇跡の言葉』
［エイチアンドアイ、2006年5月11日初版第1刷発行、196ページ］

Helen Adams Keller

第2章

朝ドラ『花子とアン』に隠されたアンの世界

Anne Shirley & Muraoka Hanako, Helen Adams Keller

校名から祖父の口癖まで『花子とアン』に秘められた「隠れアン」

NHK朝のテレビ小説『花子とアン』が始まったとたん、全国のアン・ファンは、「おやっ!」とうれしい驚きの声を上げたのではないでしょうか。

それはこのドラマが、予想していたとはいえ、まさに『赤毛のアン』そっくりのシーンで彩られていたからです。とくに、花子の幼年時代など、実際に花子が育った環境より、むしろアンの幼年時代に似せようとしているのではないかと思われるほどです。

なにより、花子の実際の家庭は裕福ではなかったかもしれませんが、ドラマのように子守りをしながら学校へ行くほどの貧農ではありませんでした。しかし、アンの幼年時代は、孤児になって引き取られた家で、まさに子守りをする毎日だったのです。

それに、10歳で東洋英和女学校に入学した花子は、すでに家族とともに東京に住んでいて、ドラマのように山梨県で暮らしたのは、もっと幼いころの数年です。

なぜ、このドラマが事実と程遠い設定がされているのでしょうか。制作者たちの意図はどこにあったのかわかりませんが、おそらくそれは、花子にアンを重ねた形のドラマにしたかったのではないでしょうか。

そう思わせる箇所が、挙げればきりがないほどたくさんあるからです。

❶『赤毛のアン』の中の、もっとも名言と言われる言葉から始まっている

ドラマの第一話は、昭和20年4月15日、東京・大森町大空襲の場面から始まります。原稿用紙に翻訳のペンを走らせる花子が、書いているその言葉は、

「曲り角をまがったさきになにがあるのかは、わからないの。でも、きっといちばんよいものにちがいないと思うの」〔『赤毛のアン』516ページ〕

孤児だったアンは、学校へ行くようになってから、これまでの分を取り戻すように勉強をして優秀な成績を修め、奨学金を得て大学へ入学することになりました。ところが、そんな矢先マシュウが死に、マリラは家を売る決意をしました。アンはそれに反対し、大学入学をあきらめ、グリン・ゲイブルスに残る決意をします。

アンの将来を思って、思いとどまらせようとするマリラに、アンはこう言って決意が変わらないことを告げるのです。

制作者は、視聴者に「花子は、アンに自分を投影させながら、アンを翻訳していったのではないか」と思わせたかったのではないでしょうか。

❷アンの住んだ「アボンリー村」になぞらえた地名が出てくる

アンがマシューとマリラに引き取られて住むことになったのは、「アボンリー村」です。テレビ小説では、この「アボンリー」をもじって、花子の住む村にある小学校の名前を「阿母《あぼ》尋常小学校」としています。

❸花子がアンと同じように、自分の名前にこだわる

花子が、「はな」という自分の名前を「花子と呼んでくりょ」と、名前にこだわっているところは、アンが「Ａｎｎでなく Ａｎｎｅというｅのついたアンと呼んで」と、マリラにお願いするところと同じです。

❹クラスの男の子の頭を石版でたたくシーンがそっくり

初めて学校へ行ったとき、「はな」は背負った妹を泣かせたのが隣に住む朝市と誤解して、石版で頭をなぐり、かち割るシーンがありました。これは、アンが自分の赤毛をからかった級友のギルバートに石版を叩きつけるところとそっくりです。

❺おしゃべりなおばさんの名もそっくり

この朝市の母親で、村一番のおしゃべりおばさんの名前が「りん」。これはアンに対して口の悪いリンド夫人と似ています。

❻アンを引き取る養父マシュウと、花子の祖父・周造の名や口癖が瓜二つ

マシュウが、アンを駅から家まで連れてくるシーンでは、おしゃべりなアンに対して、口癖のように言う「そうさな(あ)」(Well now)が、原文では12回、花子訳では11回、

松本侑子訳では10回出てきます。

これは単なる口癖や相槌というより、マシュウがアンの機関銃のようなおしゃべりに、最初は圧倒されながら、そのきらめくような言葉をだんだん心地よく受け入れていく様子を表わしているような気がします。

何回かの「そうさな」のころには、すでにマシュウの気持ちはアンを受容しはじめているようです。花子訳の『赤毛のアン』では、30ページの終わりから7行目あたりから、そのような心境が描かれています。

ただ、対照的なのが花子訳［1952年］の次に出た中村佐喜子訳［1957年、角川文庫］で、この同じ「Well now」を、かなり工夫して訳し分けています。

「さァてね」、「そうだね」、「ふーむ」、「それはあるね」、「そうかね」、「そうだ」などという具合です。

そして、花子の祖父の名前が「安東周造」ですから、この「周」も「マシュウ」になぞらえたものでしょう。口数が少ない、控えめな性格も共通しています。

❼先生の恋文を丸写しするエピソードが同じ

「はな」が英語の宿題に困り、先生が下書きしていたラブレターを丸写ししてしまうシーンがありました。これは、アンが教師になったアン・シリーズの第2作『アンの青春』第11章で、生徒のアネッタ・ベルが、母親のタンスにあった昔の恋人からの手紙を写して提出した場面とそっくりです。

❽お酒と知らずワインを飲んでしまうシーン

花子は、年上の同級生で伯爵家令嬢の葉山蓮子から薬と言われてワインを飲み、あわや退学かという苦境に立たされます。

これは、『赤毛のアン』第16章で、アンがイチゴ水と思って親友のダイアナにワインを飲ませてしまう場面と似ています。アンはその後、ダイアナの母親は怒り狂い、二人は会うことを禁じられてしまいました。アンはその後、両親の留守中に高熱を出したダイアナの妹の命を助け、失地回復します［同第18章］。子沢山のおばさんのところで暮らしたので、病児の扱いになれていたのです。アンは過去のつらい体験を生かせたことに感謝しています。

❾花子が『ロミオとジュリエット』を訳したとき、アンと同じことを言っている

クラスで『ロミオとジュリエット』を上演することになり、花子が翻訳を引き受けます。稽古の最中、花子は突然「薔薇は、たとえほかの名前でも同じように匂う」というセリフに違和感を持ちました。アンも、次のように同じことを言っています。

「いつか本に、ばらはたとえほかのどんな名前でも同じように匂うと書いてあったけれど、あたしはどうしても信じられないの。もしばらが、あざみとかキャベツなんていう名前だったら、あんなにすてきだとは思われないわ」(『赤毛のアン』70ページ)

ドラマには、まだまだこのような「隠れアン」のシーンがあるかもしれません。

もし何もかも知っていることばかりだったら、
半分もおもしろくないわ。
そうでしょう?
そうしたら、ちっとも想像の余地が
ないんですものねえ。

モンゴメリ著、村岡花子訳『赤毛のアン』
[新潮文庫、2013年6月10日10刷、30ページ]

Anne Shirley

名前へのこだわり「花子と呼んでくりょ」の実際は

前項でも触れた「花子と呼んでくりょ」ですが、『赤毛のアン』の作者モンゴメリは、アンの名前へのこだわりがかなり根強いものとして描きたかったようです。

なぜならば、1章「レイチェル・リンド夫人の驚き」では、マシュウとマリラの兄妹が、孤児院から「男の子」を引き取る決意をしたことのみが語られるだけであり、「アン」はおろか、「女の子」とはまったく書かれていないのです。

そして、2章「マシュウ・クスバートの驚き」では、男の子を連れ帰るつもりだったマシュウが、待っていたのが「女の子」だったことに驚くシーンとなります。ここで初めて、読者は「女の子」の登場を読むわけです。

この作品の主人公の名前が「アン」であることが明らかにされるのは、3章「マリラ・クスバートの驚き」で、マリラの「名前はなんていうの?」に答える場面です。

マシュウがとまどいながらも、この「女の子」を連れ帰る途中、彼女は出会う景色を喜び、名前をつけていきます。作者は2章で、アンが物の名前にこだわりを持っていることを匂わせて、3章ではマリラにこう答えさせています。

こどもはちょっとためらってから、

「あたしをコーデリアと呼んでくださらない？」と熱心に頼んだ。

「コーデリアと呼べだって？　それがあんたの名前なのかい？」

「いいえ、あの、あたしの名前ってわけじゃないんですけれど、コーデリアと呼ばれたいんです。すばらしく優美な名前なんですもの」

「（中略）何という名前なの？」

「アン・シャーリー」とその名の持主はしぶしぶ答えた。（『赤毛のアン』47ページ）

このあと「アンという名を呼ぶんでしたら、eのついたつづりのアンと呼んでください」（同48ページ）というあの有名なセリフが入ります。

モンゴメリは、3章のこの場面でアンという主人公の名前を明らかにする過程の中で、アンという少女の言葉へのこだわりやその豊かな想像力を伏線として出しておきたかったのではないでしょうか。

じつは、モンゴメリ自身が神経質なほど筆名などにこだわったと言われています。たとえば、出生地にある「赤毛のアン・ライセンス局」には、日本語の表記として「ルーシー・モンド・モンゴメリ」と「L・M・モンゴメリ」が登録されているそうですが、モンゴメリはこの長い表記を嫌い「L・M・モンゴメリ」にしたいとしたそうです。結婚してから姓がマクドナルドに変わりますが、筆名は従来のまま、私信では、マクドナルドを末尾につけた形にしています。

一方『アンのゆりかご』によれば、村岡花子が本名の「はな」を「花子」に変えたのは、前出の柳原燁子の紹介で佐々木信綱の門をくぐったころのことです。

このころ平安時代の中宮たち、清少納言が仕えた定子《ていし》とか、紫式部が仕えた彰子《しょうし》に倣《なら》ったのか、「子」をつけるほうが、山の手風でモダンな響きがあるとされるようになったようです。

現代では「子」がつく名前が少なく、「子」がつく名前をつけられた子どもが、母親に文句を言ったという話も聞きます。人の名前は、世につれ変化していくのかもしれません。

また、原書で欧米文学を読んでいた花子が、初めて翻訳文学に触れたのも、このころでした。花子が、日本語の美しさに目覚めたときだったのではないでしょうか。

そうね、あたしは自分のほか、
だれにもなりたくないわ。
たとえ一生、ダイヤモンドに
慰めてもらえずにすごしても。

モンゴメリ著、村岡花子訳『赤毛のアン』
［新潮文庫、2013年6月10日10刷、469ページ］

Anne Shirley

『赤毛のアン』が日本で大ヒットした題名決定の舞台裏

どんな本であれ、一冊の本が出版されヒットするには、多くの人々とさまざまな要因が関わっています。とくにこの『赤毛のアン』の日本での人気には、原作の題名『緑の切妻屋根のアン』を、少女たちに親しみやすい『赤毛のアン』に変えたことが大きく寄与したと言えるでしょう。

この間の詳しいいきさつは、1969年に出たエッセイ集『生きるということ』〔あすなろ書房〕の54〜59ページにある「赤毛のアン」という題名の文章の中で、興味深く明らかにされています。

今までこのエッセイ集は、なかなか手に入らなかったのですが、今回の朝ドラの影響もあってか、新たに編集された『村岡花子エッセイ集　腹心の友たちへ』〔河出書房新社、2014年2月28日発行〕に、全41編のうちの34編が収録されています。

そこで当然、この「赤毛のアン」というエッセイも入っていると思ったのですが、なぜかこの一編は収録されていません。

もっとも、ドラマの原案になった『アンのゆりかご　村岡花子の生涯』には、318ページから327ページにわたって、同じ内容が詳しく紹介されているので、それをお読みいただければそのいきさつがよくわかります。

ここでは元のエッセイ集に基づき、その概略をたどってみましょう。

大筋でいえば、最初、花子はこの『赤毛のアン』という題名を嫌ったそうですが、それを熱心に推したのが、まさに原作の題名の「緑」を思い出させる名前の養女「みどり」さんだったというのです。

そのみどりさんの娘、つまり花子の孫にあたる村岡恵理さんが、ドラマの原案『アンのゆりかご』の作者ですから、そんな不思議な因縁も今回の「アンの連鎖」による連続ドラマの背景にはあるということになるでしょう。

こうして幾重にも重なり合ったいくつもの人生が、互いに共鳴し合い、融合し合い、ときには反発し合って、この連続ドラマを国民的大ヒットに導いたとも言えます。

こうして関わった人々のうち、誰か一人が欠けても、あれほどのベストセラーにはならなかったでしょう。そこに至るまでには、出版社側の役割、とくに編集者の果たした役割も大きかったようです。

すでに伝説化したとも言えるその編集者は、三笠書房の小池喜孝氏でした。

ウィキペディアによれば、彼は大正5年生まれ。師範学校卒業後、戦前から戦後にかけて小学校教師を務めました。組合活動の結果、公職追放となり、やがて解除されますが、教職には戻らず三笠書房に入りました。

竹内道之助が率いる三笠書房は当時、マーガレット・ミッチェルの『風とともに去りぬ』を復刊してベストセラーにしていました。そこで、それに次ぐ女性読者対象の作品を求めて、小池は村岡花子を訪れました。

花子は、原題『アン・オブ・グリン・ゲイブルス(緑の切妻屋根のアン)』を翻訳していましたが、「ありません」というにべもない返事をしました。

この本が出版されたのが明治41年(1908)と古いことや、保守的な出版各社から断られていたことなどが、花子の頭をよぎったからでした。

しかし、その後も懲りずに訪ねてくる小池と四方山話をしているうちに、花子はあることを思い出しました。

それは、印刷・製本業を営んでいた夫の実家を継ぎ、関東大震災で命を亡くした義弟のことです。彼は「イギリスに負けないくらい美しい本を作る」というのが願いだったのです(『アンのゆりかご』323ページ)。

そのころの時代は関東大震災以上に荒れ果てた日本です。美しい本を出版する意義があるのではないかと考えた花子は、小池にこの本のことを打ち明け、原稿を託しました。数日後、社長も快諾し、出版が決定しました。

しかし、難航したのはタイトルでした。日本人には、切妻屋根のイメージがわかないのではないかということになり、変更することになったのです。花子は、『夢みる少女』『窓に倚《よ》る少女』等々のタイトルを考えますが、今一つしっくりきません。

エッセイにもあるとおり、花子はこの翻訳原稿を大事にしていました。外出するときには、なにをおいてもこれは出してくださいと家人にも頼んでいたくらいです。ですから、タイトルへのこだわりも強かったのでしょう。

『赤毛のアン』を提案したのは小池でした。花子はこのタイトルが気に入らず、絶対にいやだと拒否します。ところが、このタイトルが気に入ったと言い出したのが、当時20歳の娘のみどりでした。

皮肉なことに、「緑の」という原題より「赤毛の」を選んだのが「みどり」だったのです。これがいいと言い張るみどりを見て、花子は若い感覚に任せようと思い、ようやく『赤毛のアン』に決まったのです。みどりは、期せずして『赤毛のアン』誕生に大きな貢献をしたのでした。

本のタイトルというのはむずかしいもので、同じような内容でも売れたり売れなかったりするのは、タイトルにかなりの比重がかかっていることが多いからなのかもしれません。

もう一つのベストセラー『アンネの日記』にも同じような経緯があります。最初の出版は１９４７年、『後ろの家』というオランダ語版でした。これはたちまちベストセラーになったのですが、日本でのタイトルは、『光ほのかに　アンネの日記』で、文藝春秋から出版されました。

その後、『光ほのかに』という翻訳書があることがわかり、それを取って、副題の『アンネの日記』が正式のタイトルになったといういきさつがあります。主タイトルが『光ほのかに』では、もしかしたら売れなかったかもしれません。

ほかのことはあたし、
そう気にしないけど——（中略）
想像でなくしてしまえますもの。（中略）
でもこの赤い髪ばっかりは
想像でもどうにもならないの。

モンゴメリ著、村岡花子訳『赤毛のアン』
［新潮文庫、2013年6月10日10刷、33ページ］

Anne Shirley

大ヒット『白ゆき姫殺人事件』も『赤毛のアン』が重要モチーフ

これまで述べてきたように『赤毛のアン』は、一人の少女の成長物語です。しかし、じつはまったく違う作品に『赤毛のアン』が重要なモチーフとして取り入れられているものもあります。

2012年発売のベストセラーで、映画もヒットしている『白ゆき姫殺人事件』〔湊かなえ著、集英社〕は、その最たるものでしょう。

事件は、しぐれ谷の雑木林で起こります。誰もが認める美人で、会社の製品が白ゆき石鹸であることから「白ゆき姫」と呼ばれていたOL三木典子が惨殺されたのです。同僚らの証言で、地味で目立たない同期入社の同僚に疑いの目が向けられます。

彼女の名前は、城野美姫。映画では、井上真央さんがこの地味な役を巧みに演じています。

美姫に対する証言をしたのは、美姫の後輩OL狩野里沙子。その学生時代の友人で、フリーのテレビ・ディレクター、赤星雄治（本では週刊誌のフリー記者）は、それを聞いてスクープのチャンスと考え、彼女のことを調べはじめます。

彼の調査によって、美姫の同僚たち、同級生、家族、故郷の人々が、さまざまな噂を語りはじめました。彼らの話に嘘はなかったのですが、美姫を犯人と思わせる証言だけが一人歩きしていきます。

テレビのワイドショーは元刑事まで招いて解説させるなど過熱し、ネットは炎上状態の中「あの人がそんなことをするはずがない」という声は、かき消されていきました。

『赤毛のアン』は、この小さな声を発した小学校時代の親友で今は引きこもりになっている谷村夕子の証言に登場します。

名前に相応しくない容貌に劣等感を持つ美姫と、「きれい」という評価に嫉妬するクラスメイトのいじめを受ける夕子は仲良しになりました。

二人は、あるとき、人がたを作って燃やすというおまじないをかけて、神社の祠を全焼させてしまいます。いつの間にか男言葉で話すようになっていた夕子は、それに関して次のように語ります。


「アン……城野美姫のことね。オレはそう呼んでたんだ。アンにそう呼べって言われたからさ。ちなみに、アンはオレのことをダイアナって呼んでた。……人がたを作って燃やすのを提案したのはアンだ。でも、それってオレのためなんだよ」〔『白ゆき姫殺人事件』、集英社文庫、2014年2月25日発行、149ページ〕

いじめられて学校嫌いになった夕子は、美姫が迎えにきてくれたおかげで通学できていました。

しかし、耐え切れなくなったある日、夕子のために泣いてくれた美姫は「ダイアナがみんなからいじめられないように、わたしがどうにかしてあげる」と言って、雑誌に載っていた「いじめがなくなる」おまじないをしようと提案します。それが、前出の人がたに切った紙を燃やすというものだったのです。

この火事騒ぎのあと、それぞれの両親は、相手に責任を押しつけ二人のつきあいを禁じます。夕子はそれ以来、不登校になってしまいました。夕子の証言は続きます。

「それでもアンが恋しくて、うちにある、アンが大好きだった本を読んでみることにした。『赤毛のアン』だ。そうしたら、涸れてたはずの涙がまたこぼれてきた……」〔158ページ〕

やがて、真犯人が判明し、噂の恐ろしさに身を隠していた美姫の長い告白が始まりました。その中の一節だけ紹介しておきたいと思います。

「……私が数ある文学作品の中で『赤毛のアン』を一番好きになったのは、きっと自分とアンの姿が重なったからだと思います」［180ページ］

つまり、今まで述べてきたように、『赤毛のアン』の読者は、みな自分とアンを重ねているのです。作品の中にこのセリフを入れた湊かなえさんもその一人なのではないでしょうか。

なお、映画では小説にはないある印象的なシーンが挿入されています。それは、美姫と夕子が、お互いの家が見える窓辺にろうそくを灯して合図をする場面です。それは、まさに『赤毛のアン』にある印象的な場面でした。

それはアンがマリラに、親友のダイアナが会いたがっていると告げたシーンです。どうしてわかるのかといぶかるマリラに、そのわけを教えます。

「あたしたち、ローソクとボール紙で合図をすることにきめてあるの。窓の敷居にローソクを置いて、その前にボール紙をぱっぱっと出したりひっこめたりして光を出すの。それで光の数がある一つの意味になるのよ。あたしが考えた通信よ、マリラ」〔『赤毛のアン』258〜259ページ〕

映画の幕切れ近く、親にまで疑いの目で見られていた美姫が実家の自室に戻ると、夕子の家の窓から、かつて交し合ったのと同じ灯りが点滅しています。

こちらからも、同じ合図を送る美姫——。それは『赤毛のアン』のファンならば、忘れることができない名場面として心に残ることでしょう。

場所でも人でも
名前が気にいらないときはいつでも、
あたしは新しい名前を考えだして、
それを使うのよ。

モンゴメリ著、村岡花子訳『赤毛のアン』
［新潮文庫、2013年6月10日10刷、37ページ］

Anne Shirley

第3章

夢と希望を生み出した三者三様の楽天性

Anne Shirley & Muraoka Hanako, Helen Adams Keller

花子のささやかな「片隅の幸福」は追想の喜びを創り出すこと

アンと花子のことをもっと知りたいというとき、頼りになるのは花子のエッセイです。『赤毛のアン』の翻訳者として著名な花子ですが、そのほかの作品も翻訳していますし、童話作家でもあり、多くのエッセイも遺しています。

しかし、エッセイ集『心の饗宴』［時代社、昭和16年4月20日発行］など、戦前に出版されたものは、なかなか手に入れることができません。

それが朝ドラの影響もあって、最近、新しいエッセイ集として編集しなおされ、この『心の饗宴』の中からもかなり多くのエッセイが収録されました［『村岡花子エッセイ集 腹心の友たちへ』河出書房新社、2014年2月28日発行］。

『心の饗宴』の冒頭、「片隅の幸福」という章の中に、本の題名にもなった「心の饗宴」という名エッセイがありますが、これも、この新しいエッセイ集に収められていますので、ぜひお読みいただきたいと思います。

そこに、花子がアンに通じる豊かなイマジネーションや、想像、空想の持ち主であることを感じていただけるでしょう。

さらに言えば、花子は一人の主婦としての日常的な「生活の知恵」「心の知恵」の持ち主であったことも、おわかりいただけると思います。

このエッセイは、雑誌社から、「眠れない夜はどうなさいますか」と聞かれたときに書かれたものです。

「元来眠れないということはないのですが」と言いつつ、夜中まで原稿を書いていて、頭が興奮状態になったときのことを書いています（『心の饗宴』5〜9ページ）。

あせらず、自然に任せて、目をつぶって頭が落ち着くのを待ちつつ、花子は、「今までのうちで一番幸福に感じたときを思い返します」と答えています。

あのときはああだった、それから私がああ言ってと、それから……それから――と言った具合に順を追って思い出していると、「いつのまにか眠ってしまいます」というのです。

羊が一匹、羊が二匹……とやったり、枕の位置を変えたり、お酒を飲んだりなど、普通の人がやるようなことをやらないところは、やはりアンと親しい花子らしいところといえるでしょう。

つまり、眠れない苦しみを、眠れないがゆえにできる楽しみに変えてしまうわけです。たしかに、こういう過ごし方をすれば、眠れない時間は楽しい時間になるに違いありません。

「寝つかれない真夜中があれば、それもまた幸福を追想する運動で心にいこいを与えることにする」［5〜6ページ］

花子は、さらに眠れない夜だけではなく、さまざまな悩みが生じたときも、この「追想の喜び」で切り抜けています。

どうやら、ラジオ出演などで心ならずも有名人になった花子は、見知らぬ聴取者から叱られたり、相談されたり、愚痴を言われたりして返事に困ることがあったようです。

「わずらわしい世の中だと、いやになることもあるけれど、私はささやかな『片隅の幸福』を持っている。それは私がひとりで創り出す追想のよろこびであるから、いつでも身についているものである」［6〜7ページ］

追想が習慣づいて、幸福の片隅を持った花子は、記憶を積み上げるだけではなく、そのときの思いをいつでも引き出せるように小物の助けも借りています。

そのために、銀座の夜店や骨董店でトンボ玉などを買い集め、うれしいことがあると、それで帯止めを作るのでした。

玉をつないで、帯止めの紐にあしらうのが大好きな花子は、カトリックの信者たちの「念珠」のような魅力をそこに感じるのだと言います。

花子は、こうして得た「片隅の幸福」でなす追想の喜びを、追憶の妖精の踊りにたとえています。

「しあわせよ、返っておいで、
よろこびよ、生きかえって
元気に跳ねておどってごらん」［8ページ］

こうして誰も知らない片隅の舞踏会で、あまたの小妖精たちが自分の指揮棒で思い出の曲を奏でるという、こんな「心の饗宴」を張れるのは女だからこそと、エッセイを次のように終えています。

「もし死んでからまた生まれ変わることが出来るのなら、こんどの世にも女に生まれて来て、つつましく、ささやかな片隅の幸福に浸りつつ暮らしたい」

［9ページ］

女の身の不自由さを嘆くことの多かった時代、女なればこその喜びを謳歌した花子だったのです。

今夜は眠れそうもありません。
慣れない寝床で初めての夜をすごすときは
どうしても眠れないのです。（中略）
横になって人生のいろいろな
事柄、過去、現在、未来のことを
考えてみましょう。
ことに未来のことをね。

モンゴメリ著、村岡花子訳『アンの幸福』
［新潮文庫、1986年3月10日56刷、26ページ］

Anne Shirley

花子がエッセイで2回も書いたヘレン・ケラーの「独立性《インデペンデンス》」

「三重苦の聖女」と呼ばれたヘレン・ケラーは、明治13年（1880）、アメリカの南部アラバマ州の旧家で生まれた女性です。誕生後、18か月で重い病にかかり、目も見えず、耳も聞こえず、そのために口も聞けない三重苦の境遇に陥りました。

その後、家庭教師として赴任したアン・サリバンの努力によって、奇跡的に言葉を覚えることに成功しました。芝居『奇跡の人』は、日本でも何度も上演されていますから、ご存じの方も多いと思います。

ヘレン・ケラーは、合計すると三回来日しました。最初の来日は昭和12年（1937）、日中戦争が始まり、日本がドイツ・イタリアと三国同盟を結んだ年でした。

花子はこのときの講演を聞き、とくに「インデペンデンス」（独立）という言葉に惹かれたようです。

私たちは「独立」と聞くと、「経済的、思想的独立」とか「自立する女性」などというかなり高度な「独り立ち」のことを思いがちです。

しかし、花子はこのとき、ヘレン・ケラーが言う「独立」の意味は、かなり違うということに気づき、再度にわたって自らのエッセイに書いています。

最初のエッセイは、昭和15年（1940）に発行された、花子としては最初のエッセイ集である『母心随想』〔時代社、1940年6月22日発行、「ヘレン・ケラーの言葉」〕に載っていました〔101〜103ページ〕。

印刷も薄れかけた貴重な文献なので、旧仮名遣いを新仮名遣いにし、差しさわりのある言葉は言い換えて、重要な部分をご紹介しておきましょう。

二十世紀の驚異とされているヘレン・ケラー女史の言葉を聞いた。

「光」「色」「声」というような名称を私たちは当たり前のものとして使っているけれども、盲聾唖の三重障害を負わされている女史が、これらの名詞を使うときには、知りがたく、見がたいものへの限りないあこがれをその発音の中にこめて語っているのだ。

ことに、私が新しい感情を以って聞いたのは「インデペンデンス」(独立)という一語であった。「経済上の独立」とか「思想の独立」とかと、近代女性はむずかしい理屈を並べ立てる。ところがここに一人の障害者がいて、その人は最も原始的な意味に於いて、この「独立」という言葉を使った。（中略）ヘレン・ケラーは、「独立」という言葉を、その最も根本的な意味において、使ったのだった。［101～102ページ］

つまり、ヘレン・ケラーが、「インデペンデンスを持っている皆様」と言うとき意味するのは、「自由自在に歩き廻り、直接誰とでも話ができ、誰の顔も見、その声を聴くことができる人々、即ち、独立を持つ人々」であることに気づいた花子は、驚きとともに自戒の念を込めてこう書きます。

私は「独立」ということを、経済問題や思想問題や両性の闘争などばかりに結びつけて考えるのに馴れて、その原始的な意味を全く忘れていた。今、突如として三重苦の聖女に依って示された言葉の内容に触れて愕然とした。これ程に彼女は肉体の運動の自由（インデペンデンス）を尊重している。

私たちには当然に思われる五官の働きが、或る人々には望んでも到底得がたい光輝ある「独立」であることに思い至って、感謝の涙を流すのを「甘さから来る感傷だ」と笑い去る者があるならば、彼らは人生に於ける素朴な幸福

を楽しむことを知らぬ気の毒な人たちだ、と私は同情するのみである。〔103ページ〕

そして、このエッセイから8年後の昭和23年（1948）、ヘレン・ケラー二回目の来日のあとに、また同じ趣旨のエッセイを書いています。

『女性の生き甲斐』〔牧教育新書、牧書店1953年10月28日発行〕というエッセイ集の中に「妻の生き甲斐」という章があり、その最後に「ヘレン・ケラー女史に学ぶ」というタイトルで、「ここに幸福がある」という副題を付けて掲載されました〔107〜109ページ〕。

ここでは、前のエッセイよりもさらにはっきりと女性の生き甲斐、母の生き甲斐を考える文脈の中で、この「独立」というテーマを考えているようです。

つまり、ここでも花子はヘレン・ケラーの言う「インデペンデンス」の意味を説き、独立を与えられていることに感謝すべきであると言っているのです。

日光や空気のようなものを当たり前のこととして享受している人間は、自分の力で歩いたり、見たり、話したり、聴いたりすることができるという根本的な「独立」に気づかないものです。

花子は、そのことを指摘したヘレン・ケラーのおかげで自分に与えられた「独立」

を知り、感謝の日々を過ごしたいと言っています。花子もアンも、さまざまな困難に遭遇します。しかし、それだけに大過なく人生を歩んで来た人々が、当然のこととしてきた力の中にすばらしい幸福があることに気づいたに違いありません。

ヘレン・ケラーもまた、その仲間の一人と言っていいでしょう。だからこそ、花子は、彼女の言う「インデペンデンス」に共鳴できたのです。不幸を希望に変えるその強さにです。花子は、この文章を次のように締めくくっています。

台所仕事の平凡さにあきようとするとき、私は三重苦の聖女を思う。こうして自由自在に歩き廻り、忙しく働けることは、すでに「独立」なのだと思うと、新しい元気と感謝がわきいずるのである。［109ページ］

村岡花子と聞くと、私たちは、やはり社会的に活躍した有名人と思ってしまいます。しかし、こうした文章を読むと、作家・翻訳家としての花子ではなく、主婦の視点を持った花子が思われ、私たちもまた勇気を与えられるような気がするのです。

幸福を求める人たちがほんの一瞬でも
立ち止まって考えてみれば、
足もとの草々ほどに、
花々のうえできらめく朝露ほどに、
自分が体験できる歓びは
無数にあることがわかるはずです。

ヘレン・ケラー著、高橋和夫・島田恵共訳『奇跡の人の奇跡の言葉』
［エイチアンドアイ、2006年5月1日発行、180ページ］

Helen Adams Keller

花子が子ども向け伝記『ヘレン・ケラー』を大人用に改訂した理由

ヘレン・ケラーの二度目の来日で、彼女の生き方に深い感銘を受けた花子は、彼女の子ども向けの伝記『ヘレン・ケラー』〔偕成社、1950年〕を執筆しました。

同書の解説によれば、ヘレン・ケラーの自伝『わが生涯の物語』と『ヘレン・ケラーの救い主アニー・サリバン』という二冊の本を、徹底究明しようとつとめて生まれたものだそうです。

二度目の来日時、ヘレン・ケラーは日本が盲人を受け入れられる社会になることを希望し、人々の理解を求めました。これをきっかけに細々と進められていた日本の障害者教育への理解が深まり、彼らを助ける「青い鳥」運動が繰り広げられ、障害者支援団体「東京ヘレン・ケラー協会」が発足したのです。

その後、昭和30年〔1955〕、ヘレン・ケラーが三度目の来日を果たしたとき、花子は帝国ホテルで開催された歓迎会に出席し、ヘレン・ケラーと直接談話をしています。そして、翌日の5月30日、飯田橋富士見町教会で行われた講演会の通訳を務めました。

花子はヘレン・ケラーと直接会ったことで、彼女の偉大さをさらに知るところになったのでしょう。子ども向けに書いた『ヘレン・ケラー』に加筆して、大人にも読んでもらうよう改訂版を出版しました〔1988年4月1刷発行〕。

解説にあった「少年少女のためのヘレン・ケラー伝」という文章から、「少年少女のための」という言葉を外し、「少年少女がこの伝記を読むとき」という文章の「少年少女たち」も「若い人たち」に変えています。

花子はこの解説で、次のように語っています。

「若い人たちがこの伝記を読むとき、どうか、若い人をめぐる両親や教師たちが、この『二十世紀の奇跡』の心の生活にふれることを志し、それを理解して、彼らをその方向にみちびいていただきたいのである」〔258ページ〕

そして、こうも言っています。

「ヘレン・ケラーの偉大さは、（中略）三重苦を負わされながら、りっぱに生きているということだけではない。彼女の真理への探究心の強さ、倦《う》むことを知

らない勉強、そして人類に奉仕しようとする精神、そこに非凡さがひそんでいるのである」(同)

そして花子は、伝記を書き終わった感慨とともに、こう書いています。

「ヘレン・ケラーはわたしが現代において、もっとも尊敬する人物のひとりである。そしてまたもっとも理解したい人物のひとりである」(同)

そのために、先にあげた二冊の書を、花子は徹底的に研究し、ヘレン・ケラーの偉大さを余すところなく著わそうとしたのです。

そして、無味乾燥な事実の羅列に終わる伝記ではなく、ヘレン・ケラーの息や熱情が感じられる書を志したに違いありません。

私は、いかなる人間にも、
他人の疾苦艱難を座視して、
自分ひとりが安楽な生を貪ることのない、
幸福な時代に近づけようと
活動すべき責務があることを信じている。

ヘレン・ケラー著、岡文正監訳『楽天主義』
［サクセス・マルチミディア・インク、2005年3月31日発行、91ページ］

Helen Adams Keller

ヘレン・ケラー三度目の来日で花子が通訳したヘレンのメッセージ

ヘレン・ケラーが三度目の来日を果たしたのは、昭和30年（1955）、あと1か月で75歳になるヘレンにとって、これが最後の旅になりました。彼女の一番の関心事は、以前の来日をきっかけに広がりを見せた「青い鳥運動」のその後でした。

花子は、この12日間の滞在中、いろいろな集会においても通訳を務めました。

ヘレン・ケラーの話し方は「指話法《しわ》」と呼ばれるもので、口の代わりに指を使います。サリバン亡きあと、20年ものあいだ秘書役を務めているミス・タムスンの手に触れながら、言いたいことを指先で伝え、タムスンがそれを言葉にします。

誰かが話しかけると、タムスンはそれを指でヘレンに伝えるという方法です。そのやりとりは、すばやく行われ、おそらく血のにじむような努力があったことでしょう。

次に、前出の『ヘレン・ケラー』に紹介された日本キリスト教盲人協会の歓迎会におけるヘレン・ケラーのメッセージを要約してご紹介しておきましょう［251〜253ページ］。

なお、このメッセージを文章化するにあたって、花子はひらがなを多用しています。そこに「指話法」でのやりとりが伝わってくるような気がします。

日本にいますあいだの、さまざまな思い出は、これまで二度、こちらへまいりましたときの記憶とともに、わすれられないものとなるにちがいありません。

みなさんもごぞんじのように、この日本の国にも、たくさんの目の見えない人がいます。若い目の不自由な人たちは、どんどん発達してきた盲聾唖教育のおかげで、ゆかいに勉強にいそしみ、深い知識をおさめているときさます。

また、そのための学校も数か所にできたそうで、ひじょうにうれしく感じております。しかし、いっぽうでは、若いころにこのような教育をうけることができないで、年とってしまった盲人たちがいます。この人たちは、いまさら教育をうけることもできず、不幸のなかにしずんだままでいます。そして、目が見えないので、なにもできないと、あきらめてしまっているのです。

しかし、これはまちがったかんがえです。そんなことのために、盲人は世間から、さげすまれたり、ただ、安っぽいあわれみをかけられるだけになってしまうのは、たいへんざんねんなことであります。
もしここに、かしこい人があって、盲人のよい相談相手になってやれば、盲人たちは、じぶんたちがほんとうに幸福になれる道をさがしあてててすすんでゆき、社会の役にたつような人間になるにちがいありません。（中略）
どうぞ、なにより自活することができるようになるための職業を、あたえてくれるように、みなさんで、世のなかにうったえてください。
それから、盲人のための福祉センターができるように、世にうったえてください。（中略）
もっとも値うちのあることは、自力で生活のなかに光をもとめ、そしてほかの人にもその光をあたえることであります。

花子は、通訳をしながら、自分の苦痛にうちかち、同じような不幸に苦しむ世界中の人を救いたいと、老いの身に鞭打って飛び廻るヘレン・ケラーこそ、真の偉人と考えたに違いありません。

私は、人の目に入る光をわが太陽とし、
人の耳に聞こえる音楽を
私の華麗なシンフォニーにしよう。
人の唇からもれる微笑みを、
自分の幸せと感じられる人間に
私はなりたい。

ヘレン・ケラー著、小倉慶郎訳『奇跡の人 ヘレン・ケラー自伝』
［新潮文庫、2013年4月5日6刷発行、179ページ］

Helen Adams Keller

三人のヒロインにもまさる「もう一人のアン」とは

アンという名前は、かの国では、日本における「太郎」「花子」のように、かなりポピュラーな名前なのでしょう。その意味では、もともと「村岡花子」は「アン村岡」の雰囲気をたたえた名前だったとも言えます。

そして前述のように、ヘレン・ケラーの能力を開眼させたアン・サリバンも、アンの一人でした。しかし、通常は「アン」の愛称である「アニー」と呼ばれることが多かったため、ここにもまた一人の「アン」がいることに気づきにくかったのです。

ヘレン・ケラーが、サリバン先生というすばらしい教師を得て、物には名前があることを知っていき、最後に「水！」と叫ぶようになるまでの過程は舞台化もされ、映画にもなりました。

そのタイトルの原題は『The Miracle Worker』、「奇跡の作り手」「奇跡の仕事人」という意味で、主人公は明らかにアン・サリバンです。日本語では『奇跡の人』と訳されたために、主人公はヘレン・ケラーだという誤解が生じることもあるようです。

なにはともあれ、ヘレン・ケラーを偉人と呼ばれる人物に育て上げた「アン・サリバン」の人となりを、夫でもあったジョン・アルバート・メーシィが、編著者として関わったヘレンの著書『いのちの夜明け』〔渋谷夏雄訳、学習館、1955年5月27日発行〕の第二部「教育」の中で書いたこと〔188～191ページ〕と、ネット上のフリー百科事典「ウィキペディア」のサリバンに関する記述などを総合して、次に記しておきます。

アン・サリバンは1866年、アイルランド移民の農民の娘として生まれました。3歳のとき、彼女もまたトラコーマ（伝染性慢性結膜炎）にかかっています。9歳のとき母親を亡くし、結核のために肢体不自由児となった弟と一緒に救貧院で暮らすことになりました。

しかし、弟はすぐに亡くなり、彼女も失明してしまいます。うつ状態になった彼女は食事を拒むようになりました。そんな彼女を救ってくれたのが看護師でした。

彼女に神の教えを説かれ、心を開いていったアンは学校へ行きたいと言い出し、14歳で盲学校へ通いはじめます。そこでの訓練と何度かの手術で、ある程度の視力を回復しますが、光に弱く、常にサングラスをかけていたそうです。

20歳でこの学校を卒業するときには総代を務めたといいますから、優秀な人だったのでしょう。

こうしたつらい体験が、のちにヘレン・ケラーを教育するに当たって大いに生かされたに違いありません。しかも、在学中には視覚と聴覚に障害を持ちながらそれを克服したローラ・ブリッジマンと出会い、友だちになっています。

アン・サリバンが卒業した翌年の1887年、ヘレン・ケラーの両親は、電話の発明をしたアレクサンダー・グラハム・ベルが聴覚障害児教育を研究していることを知り、彼を訪れました。

その紹介で、両親はアン・サリバンの出身校の校長に家庭教師を依頼する手紙を出しました。そこで派遣されたのが、卒業したばかりのアン・サリバンでした。彼女は、すでに述べたように、教師として友人として、50年ものあいだヘレン・ケラーを支えつづけました。

教師であれば、生徒を教室へ
連れて行くことはできるだろう。
けれども、必ずしも
勉強させられるわけではない。（中略）
自ら勝利の喜びと敗北の失望感を
味わってはじめて、
嫌いな課題でも本腰で取り組み、
単調な教科書の勉強も、
勇気を持って楽しくやり抜こう、
と決心できるのだ。

ヘレン・ケラー著、小倉慶郎訳『奇跡の人 ヘレン・ケラー自伝』
［新潮文庫、2013年4月5日発行、56ページ］

Helen Adams Keller

ヘレンの心と能力を解放した奇跡の恩人「アン」への感謝の言葉

芝居や映画になった『奇跡の人』には、アン・サリバンが野獣のようになったヘレンを押さえつけて食卓に座らせたり、無理やりナイフとフォークを持たせたりするすさまじいシーンが繰り広げられます。

アメリカでの初演は1959年、サリバン役はアン・バンクロフト、ヘレンはパティ・デュークが演じました。3年後には同じキャストで映画化されています。

また、テレビ『大草原の小さな家』でローラ役を演じたメリッサ・ギルバートのヘレンも印象的でした。このとき、サリバンを演じたのはパティ・デュークでした。

日本での初演は1987年で、その後、主だった公演は9回ありますが、サリバン役は大竹しのぶさんが演じることが多く、5回も登場しています。ヘレン・ケラーを演じているのは、安孫子里香、荻野目慶子、中嶋朋子、鈴木奈央、寺島しのぶ、菅野美穂、鈴木杏、石原さとみ、高畑充希の皆さんです。

そのほか、女優志願者を主人公にした漫画『ガラスの仮面』の劇中劇として使われ、それをもとにした音楽劇も作られています。

これだけ多く演じられているということは、演出家にとっても女優さんたちにとっても、すばらしく魅力的な演目なのでしょう。アマチュア劇団でも、たびたび上演されているようです。

ヘレン・ケラーの自伝『奇跡の人 ヘレン・ケラー自伝』〔小倉慶郎訳、新潮文庫、2013年4月5日6刷〕の最終23章の冒頭〔180ページから〕では、

「最後に、私の幸福の手助けをしてくれた人たちのすべての名前を記し、本書に彩りを添えたいところだが、そうもいかないようだ。中には、アメリカ文学史に名を留め、多くの人たちに親しまれる有名人もいるし、読者の大半に全く知られていない人もいる。しかし名前を知られなくても、この人たちの影響は、恩恵を与えた人々の人生の中に永遠に留まることになるのだ」


と書いて、お世話になった人たち、友だちの名前がたくさん出てきます。

しかしここに、サリバンの名前はありません。いや正確には、名前は何回も出てくるのですが、「私たち」「サリバン先生と私」など、サリバンは自分と一体化した存在

であり、二人でほかの人に感謝する文章になっています。

ヘレンにとってサリバンは、別格の人物だったのでしょう。中で挙げられている感謝の対象者からも、こんなふうに言われます。たとえばアメリカの詩人ホイッティアーは、二人が訪ねたとき、サリバンのためにこんな賛辞を書いたといいます。


「愛する生徒の心を、牢獄から解放された尊い仕事を私は心から賞賛いたします」［186ページ］

そしてヘレンに、「サリバン先生のおかげであなたの魂は解放されたのだよ」と言ったそうです［187ページ］。

しかし、そのことを誰よりもわかっていたのは、もちろんヘレンだったのでしょう。むしろ、大勢の中の一人ではない感謝をヘレンはサリバンに抱いていたからこそ、自伝のこの章ではサリバンに触れるまでもなかったのでしょう。

事実、他の章、とくにヘレンがサリバンの導きで言葉に目覚めたころのことは、自伝の6〜8章を中心にあふれるほどのサリバンへの感謝とともに語られています。まさに「奇跡の人」とは、サリバンその人だったのです。

どうしてわからないっていうことがわかるの。（中略）
ギリシャの人々は、
彼等の子供達をとても愛して、
沢山のわかりそうもない偉大なことを
話してきかせたのよ。
あたし、その子供達はそのうちの幾らかは
理解できたと思うわ。

ヘレン・ケラー著、渋谷夏雄訳
『いのちの夜明け』
［学習館、1955年5月27日発行、305〜306ページ］

Helen Adams Keller

アンの冒頭と末尾にあるブラウニングの詩と、ヘレンとの共通点

最初に村岡花子訳『赤毛のアン』〔1960年刊、新潮文庫〕を読み切ったときのことだと思います。

最後の章のさらに最後の1行〔382ページ〕に、

「神は天にあり、世はすべてよし」

という詩が引用され、訳注として「イギリスの詩人ブラウニング（一八一二～一八八九）の言葉」とあるのがとても印象に残りました。このブラウニングのものとされた言葉には、どこかで見覚えがあったからです。

うろ覚えでしたが、中学校か高校の教科書に載っていた上田敏の有名な訳詩集『海潮音』の中でも、とりわけ有名な詩の一部ではないかと思ったのです。

あるいは順番は逆で、あとで上田敏の訳詞を読んで「おや？」と気がついたのかもしれません。

いずれにせよ、そのころからずっと頭にあったその有名な訳詞とは、よく知られた

次のような詩です『海潮音』新潮文庫、1978年発行、2014年2月5日改訂版58刷、88ページ」。

春の朝　ロバアト・ブラウニング

時は春、
日《ひ》は朝《あした》、
朝《あした》は七時、
片岡《かたをか》に露みちて、
揚雲雀《あげひばり》なのりいで、
蝸牛枝《かたつむりえだ》に這《は》ひ、
神、そらに知ろしめす。
すべて世は事も無し。

この詩は、上田敏も解説で「ピパ」の歌と簡単に触れていますが、2000年に詳しい訳注付きの文庫版『赤毛のアン』［集英社文庫、2013年6月8日第10刷］を出版された松本侑子氏も、その訳注［534～535ページ］で、ブラウニング作の劇詩『ピッパが通る』

の中で、イタリアのある町で働く少女ピッパが、一年に一度だけの休日の朝、喜び一杯で歌う歌であると解説されています。

この詩の最後の2行が、村岡花子訳では、「神は天にあり、世はすべてよし」となっていたのです。

原文を見ると、

God's in his heaven ——
All's right with the world!

となっていますから、上田敏訳も村岡花子訳もなるほどと思わされます。

ただ、「すべて世は事も無し」は、もちろん名訳ではあるのでしょうが、どちらかといえば、世の中の「平穏無事、安泰」をことほぐもので、表現の方向性、ベクトルでいえば正負（プラス・マイナス）のないニュートラルなものを感じます。

これに対して花子訳は、この世は「すべてよし」と、かなり積極的に正（プラス）のベクトルで、世の中のすべてがうまくいっていることを喜んでいる感じが伝わってきます。

上田敏は『海潮音』の中で、この詩にだけは他の詩にはない異例の長い解説を付けています。その中で、こう言っているのです［89〜90ページ］。

ブラウニングの楽天説は、既に二十歳の作「ポオリイン」に顕れ、「ピパ」の歌、「神、そらにしろしめす、すべて世は事も無し」という句に綜合せられたれど、一生の述作皆人間終極の幸福を予言する点に於て一致し（後略）

つまり上田敏は、このブラウニングの「楽天説」を十分わかって訳していたわけですから、「事も無し」という表現も、けっして消極的な肯定を示したわけではないかもしれません。

さきほど紹介した松本侑子氏も、同じ訳注の中でこう指摘されています。

「この一節は、人間に対する信頼と楽天主義というブラウニングの特質をよく表すものとして有名で、アガサクリスティ『ABC殺人事件』、ヴァン・ダイン『僧正殺人事件』など、現代の推理小説にも引用されている」［534〜535ページ］

もともとこのブラウニングという詩人は、19世紀後半にイギリスで活躍し、当時、産業革命後の絶頂期にあったイギリスの時代風潮もあって、楽天主義的傾向の強い詩人だったようです。

最終的には「人間には神から、無限の進歩の可能性が与えられている」といった明るい楽天性、積極性がその詩作の根底にあったと言われています。

アンの作者モンゴメリが、このブラウニングに影響を受けていたことはおそらく確実でしょう。

というのは、最初、村岡花子訳の『赤毛のアン』を読んだときには気がつかなかったのですが、じつはこの本の原書では、巻末だけでなく冒頭にもブラウニングの詩が引用されていたのです。

村岡花子訳にも、２００８年以降の改訂版では、この詩の引用が採用され、そのことに関しては、巻末の「改訂にあたって」という文章の中で触れられています。

その改訂版の冒頭［４ページ］に引用されたブラウニングの詩とは、次のものです。

天空の導きの星が汝の運命を定め、
活気と火と露もて汝の魂を創り給いし

The good stars met in your horoscope,

Made you of spirit, fire and dew——

つまり、これから始まるアンの物語に、天の導きやはなむけのような明るい期待感が暗示されていると言っていいでしょう。

たとえば『赤毛のアン』第22章でも、この「活気と火と露《つゆ》」に触れ、牧師館のお茶に招かれたことに興奮しているアンのことを、こう描いています。

アンにものごとを冷静に受けとれということは、性格を変えろということになるだろう。

全身これ「活気と火と露」のようなアンではあったが、人生のよろこびも苦しみもアンには三倍も強く感じられた。これを見ているマリラとしては、アンが運命の浮き沈みの中で、どんなに激しい苦しみをしなければならないかと思うと、言いしれぬ不安を覚えるのだった。［311ページ］

いずれにしても『赤毛のアン』の第1作は、ブラウニングで始まり、作中でもブラウニングに触れ、ブラウニングで終わっているのです。

ブラウニングの楽天主義、積極性はモンゴメリを通じてアンの中にも大いに注ぎ込まれ、彼女の「曲がり角の先にいいこと」を期待する生き方につながったことは十分考えられます。

そしてなんと、これに加えてヘレン・ケラーの主要な著作の中にも『楽天主義』〔原題:OPTIMISM〕という本があり、その抄訳が、岡文正監訳、サクセス・マルチミディア・インク刊〔2005年3月31日発行〕で出ています。

そして、その中の第3章「楽天主義の実践」の中の「神からの贈り物」という節で、ブラウニングの思想が自分を鼓舞し、激励してくれたことを告白しています。

「私はブラウニングから、善は最終的には決して失敗することがないことを学んだので、いまの生き方を続けるのがきわめて容易になった」〔76ページ〕

このヘレンの「楽天主義」については、次の項でお話しすることにします。

私は、盲・聾・唖の障害者でありながら、
世間の常識に反して自分は
幸福であるという考え方を
信条としているのだから、（中略）
私の楽天思想の証明には、
世の中の人たちに耳を傾けてもらえる
何かがあると思う。

ヘレン・ケラー著、岡文正監訳『楽天主義』
［サクセス・マルチミディア・インク、2005年3月31日発行、17ページ］

Helen Adams Keller

アンと花子にブラウニングがつないだヘレンの「楽天主義」

アンと花子とヘレンを、合い言葉のように結ぶブラウニングと「楽天主義」ですが、前述のように、ヘレンはそのものズバリ『楽天主義』という本を書いています。

彼女が1903年、ラドクリフ・カレッジ（ハーバード大学女子部）に在学中に書いたものだそうです。ということは、『ヘレン・ケラー自伝』〔原題：The Story of My Life〕に次ぐ、若いときの著書です。

表紙にも「The Story of My Lifeの著者によるエッセイ」と記されています。

日本での紹介は、なんと明治40年（1907）、塚原秀峰訳、内外出版協会刊『楽天主義』が最初ということですが、今ではなかなか手にすることができず、一般には国会図書館のデジタルコレクションでの閲覧くらいしかできません。

「第一章　内界の楽天主義」「第二章　外界の楽天主義」「第三章　楽天主義の実行」の三章でできていますが、ぎっしり詰まった文語体で書かれていて難解です。

幸い2005年3月31日に、前項で紹介した岡文正監訳の『楽天主義』が出ています。抄訳とのことですが、章構成も「第一章 私の楽天主義」「第二章 楽天主義の世界」「第三章 楽天主義の実践」と原著を踏まえています。

ページ数も塚原訳とほぼ同じで、文語体の塚原訳よりずっとわかりやすいので、こちらを参照しながら話を進めましょう。

ヘレンの「楽天主義」を見ていくうちに、大きな三つの特徴に気がつきました。

その第一は、現実の直視と受容、そして肯定です。

ヘレンは、この本でまず次のように自分の障害を決定的に「肯定」し、むしろ自分を苦しめた障害に感謝さえします。

私は自分の障害に感謝している。
私が自分を見いだし、生涯の仕事、
そして神をみつけることができたのも、
この障害を通してだったからである。［18ページ］

いわゆる三重苦で、闇と寂寞の世界に沈んでいたヘレンが、いったん自分の掌からほかの人の言葉が伝わり、わずかながらでも理解できるとわかったときから、彼女の心は躍動し、愛と希望と歓喜の気持ちが湧きあがったといいます。

「闇に閉じ込められていた魂は解放されて自由に駆けめぐり、その新しい刺激が神の聖なる栄光を感じさせてくれるのだから、どうして私が厭世主義者になれるだろうか。

私の少女時代の苦しい経験は、悪から善に立ち返る飛躍台であった」［20ページ］

つまり、長いその暗黒の時代がなければ、それほど大きな飛躍は望めなかったということにもなりますから、不幸な境遇からの逃避ではなく、その不幸を直視し、積極的に受け入れ、肯定していることになります。

ここにこそ、ヘレンの「楽天主義」の本質があるのでしょう。

すこしばかり障害のマイナスが埋められると、それに満足してしまい、できれば障害から逃げ出し、障害を忘れていたいという、消極的で弱々しい心では、厭世主義から離れられません。だから、ヘレンはこう断言しているのです。

「したがって私のいう楽天思想は、軟弱で不合理な満足に由来するものではない」〔21ページ〕

そしてヘレンの「楽天主義」の第二の特徴は、その障害からすると意外なほどの行動主義、現実主義であり、モットーが抽象的でなく具体的です。

つまり、社会の変革を待つだけで実行しない、夢想するだけの楽天主義ではなく、可能なかぎり働き、生産し、世の中に貢献しようという姿勢です。

「現実の世界にあっては、盲・聾・唖の私が働くことのできる領域は非常に狭くかぎられていた。それを可能にし、神聖にしているのは、働きたいという私の気持ちである。この労働しようとする欲求と意志こそ、楽天主義そのものの表れではないだろうか」〔31ページ〕

以前のヘレンは、世の中に役立つことなど思いもよりませんでした。しかし、今は役立つ範囲はわずかであっても、自分のできる労働は無限にあることを発見しました。そして働くことが好きなので「楽天主義者」と言っていいだろうと言うのです。

次にヘレンの「楽天主義」の第三の特徴ですが、それは人の心を信じることであり、心の力を信じることで、波及効果的に大きな事業もなしとげられるということです。

第二の特徴をさらに高めたこの特徴こそ、ヘレンの「楽天主義」の真骨頂でしょう。たとえばそれは、次の言葉に端的に表れています。

人生とは、興奮に満ちた仕事の実践である。最も興奮するのは、他人のために生きるときだ。[36ページ]

私たちは誰でも、人から仰ぎ見られるような大きな事業、業績をなしとげたいと思います。しかし、一方で大きな事業に対するときに劣らない慎重さ、忠実さでコツコツと小さなことに打ち込むことの重要さも知っています。

ということは、少数の英雄の強烈なリーダーシップと、一人ひとりは微力ながら合わせて巨大な力となる多数の真面目な労働者たちの、お互いが信じ合うことによって大きなことも成就していくということです。

これこそが人の心を信じるという「楽天主義」の最終的な強さでしょう。

人は心の力を信じることによって、見えなかったものが見えるようになり、人を信じ、他人のため、世の中のためを考えたとき、歴史に残る大きなことがなしとげられるということにもなります。
その証拠のように、ヘレンはこう言っています。

「我々は、真理の探究者であった世界の哲学者も、真理の実行者であった各種事業の偉人たちも、楽天主義者であったことを知っている」［69ページ］

逆に言えば、同義反覆のようですが、だからこそ、つまりモンゴメリも花子もヘレンも、ここで言う「楽天主義者」だったからこそ、日本中、世界中で多くの人に希望と夢を与えつづけるという偉業をなしとげられた、とも言えるでしょう。
文学の中でも、とくに多くの読者にながく読み継がれてきた作品は、一見、絶望的な悲劇に見えるような描き方がされていても、その根底には楽天主義があるとヘレンは考えました。たとえば、悲劇の名作で有名なシェイクスピアなどはその典型だと言います。

シェイクスピアは、まさに楽天主義の帝王と言うのにふさわしい。彼の描く悲劇は道義の証明でもある。

あの『リア王』や『ハムレット』においても、善に対する希望があり、劇の終局では悪を改善し、社会の秩序を回復し、国家を新しく建設するなど善への展望が示されている。〔74ページ〕

逆にいくら優れた才能を持っていても、たとえば『ガリバー旅行記』などで有名なスイフトは大変な天才でしたが、私生活では極端な人間嫌いで厭世的だったため、多くの読者を獲得できなかったと、ヘレンは指摘しています。

ヘレンが挙げている楽天主義の文学者とは、ディケンズ、ラム、スティーヴンソン、そしてもちろんブラウニングなどですが、おそらく花子が選んで翻訳した多くの文学者も、このタイプであり、だからこそ多くの読者を獲得していたのでしょう。

人間には、人類が有史以前から経験してきた、
印象や感情を理解できる能力が
あるように私には思われる。（中略）
この受け継がれた能力は、
「第六感」のようなもの――
見、聞き、感じることが一体となった
魂の感覚とでもいえばいいだろうか。

ヘレン・ケラー著、小倉慶郎訳『奇跡の人 ヘレン・ケラー自伝』
［新潮文庫、2013年4月5日発行、167～168ページ］

Helen Adams Keller

花子が愛した詩人ブラウニングの積極主義

生まれつきの性格なのか、育った環境に影響されるのか、あるいはその両方なのか、人の世に、消極的な人と積極的な人がいます。

消極的な人は「石橋を叩いて渡る」「石橋を叩いても渡らない」というタイプで、失敗を恐れてなかなか行動できません。つまり、物事を悲観的に捉えるのです。

それに対して、積極的な人は「やらずに後悔するよりは、やって後悔するほうがいい」というタイプで、結果を考えないところは、楽観的と言えるでしょう。

花子は、当時人気のあった喜劇役者・志賀廼家淡海《しがのやたんかい》の芝居を見て、このことを考えています〔『心の饗宴』「逞しき心情」67〜72ページ〕。

その芝居は『今啼いた鶯』という演目で、6年間もの間、お互いに思い合っていた老年期にある男女の物語です。ヒロインは柴田妙子、彼女は若いときに夫を亡くし、女手ひとつで一人息子を育て上げます。

一方、彼女を思いつづけたのは戸山家の隠居です。戸山家の息子は、気持ちを打ち明けるように勧めます。そして、気持ちを確認し合い、二人は結婚を決意しました。ところが、妙子の息子がこの結婚に反対しました。妙子は息子に言います。

「私は苦労をしてお前を育て、財産も作り上げた。そのために、自分が女であることを忘れ、男の気になって生きてきた。そんな私が今、女の心に返って何が悪いのか」

花子はこの芝居を観て、ブラウニングの詩の中の満たされない青春の夢を悲しむ男女を思い出しました。

こちらの二人は、逆に結ばれることがないまま年を重ねてしまっています。男は彫刻家志望の若者、女は声楽家を志す学生でした。二人が住む下宿の窓は向かい合っていて、二人はたびたび顔を合わせます。二人は思い合っていながら、相手の貧しさや苦しさを打ち明け合うことをしませんでした。

そうこうしているうちに、彫刻家は成功して一躍有名になり、彼女はあるお金持ちと結婚し、贅沢な暮らしを手に入れました。しかし、この二人が満たされることはありませんでした。

「『我々は離ればなれで満たされない生活をしている。（中略）真実の絶望も味わったことがない代わりに、真実の幸福も知らないのである』

曾ての日の恋人たちは、消え去った青春の夢を追って斯く悲しんでいる。（中略）

『なぜあなたは花の一輪ぐらい投げてくれようとはなさいませんでした？　なぜ私は、自分の歌声の中に、同情の思いをこめようとはしなかったのでしょうか』

長い年月が経ったあとに、女はその昔の青年彫刻家の面影を心に追いながらこんな嘆息をした」〔69～70ページ〕

花子は、ブラウニングの詩から、ブラウニングが積極的に生きることの大切さを言っていると説いています。

ブラウニングはあくまでも積極主義者であり、積極性のない生活のみじめさをここに描き出そうとしたのだが、この若い男女よりも、「淡海劇」の老人二人は遥かに積極的である。（中略）この積極的な生き方への指示が、私どもをしてブラウニングを愛させるのである。〔72ページ〕

花子は最後に、ブラウニングの次の言葉を紹介しています。

「舌とペンから出るあらゆる悲哀の言葉の中で、最も痛ましい言葉は、『斯くもあり得たのに』との返らぬ悔の言葉である」〔72ページ〕

一人の人間がするまちがいには
限りがあるにちがいないわ。
だからいくらあたしだって、
し尽くしてしまえばそれでおしまいよ。

モンゴメリ著、村岡花子訳『赤毛のアン』
［新潮文庫、2013年6月10日10刷、309～310ページ］

Anne Shirley

花子がブラウニングから汲み取った乱世の癒し

昭和17年に出た花子のエッセイ集『母心抄』〔西村書店、1942年10月5日発行、106～110ページ〕にも、ブラウニングに触れた一編があります。

華道家の勅使河原蒼風は、草月流の創始者です。これまでの華道にない斬新な生け方は、賞賛するもの、批判の目を向けるものと、さまざまでした。

花子は蒼風の個展に出かけ、そこに「華道を通しての大政翼賛」「華道を通しての臣道実践」の文字を見て、少々威圧感を覚えています。

当時、日本は太平洋戦争に突入し、世の中は騒然としていました。大政翼賛とは、国民の意見を統制しようとするもので、政府の議案にはすべて賛成することを意味しました。

また臣道実践とは、文字通り忠義の心を実践で示すという意味です。

どちらも、戦時という特殊な状況にあるとき、政治家もマスコミも教育者も一致して一つの方向を向き、音楽家も華道家も茶道家もその例外ではなかったということでしょう。もちろん、花子もその一人でした。

しかし、一瞬威圧感を持った花子でしたが、会場に入ったとき快い音楽が奏でられているような魅力を感じました。花を前にして考え込み、決めたら一気に仕上げるという話を聞いて、大きな叙事詩を読むような気持ちにもさせられました。

「月光の如く静かに流れかかる美の旋律、そうしたものを勅使河原氏の芸術から私は感得する」［108ページ］

そして、ここでも花子は愛するブラウニングを思い出しています。『サウル』と題するその作品の主人公は、イスラエルの王サウルです。

サウルは、頭を病魔に冒されて、ときおり気持ちが荒れることがありました。サウルは、そのたびに牧童のダビデを呼んで竪琴を奏でさせるのでした。

「やがて、サウル王の前に立ったダビデは
『……竪琴の調を整へ
――まひるの力に竪絃の断ち切れぬやう
我等それにからみし
百合をとりたり』

そして静かにかなで始めるのであった」〔109～110ページ〕

「からみたる百合」とは、灼熱の太陽に絃が切れてしまわないように、みずみずしい百合の花を絃に挿していくことを言うのだそうです。

花子は華道展を見て、花から音楽を感じ、ブラウニングを思い、癒される思いがしたのでしょう。

「この歴史的の時代の緊張に生きる我々のために、『青き百合』となり『琴絃の断ち切れぬよう』新鮮な活力を供給し、希望と喜悦の歌をかなでる使命が、花の芸術に依って遂行されつつあること」〔110ページ〕

つまり、重苦しい緊張感に支配された時代、人々の心も殺伐とする乱世にこそ、強く張られた弦が切れてしまわないように、みずみずしさを与える「青き百合」が必要だったのです。

ブラウニングの楽天主義は、まさにこの「青き百合」となって、「曲がり角」の先が見えない時代に、明日を生きる活力と癒しを与えるものになると、花子には感じられたのかもしれません。

この部屋にはあんまりいろいろの物があって、
しかもみんな、
あんまりすばらしいもんで、
想像の余地がないのね。
貧乏な者のしあわせの一つは――
たくさん想像できるものが
あるということだわね。

モンゴメリ著、村岡花子訳『赤毛のアン』
［新潮文庫、2013年6月10日10刷、401ページ］

Anne Shirley

楽天主義ではあるが太平楽ではない「いたましき楽天家」

難病の一つである癌も最近では治癒率があがり、癌であることを患者に告げるのが当たり前になってきました。

しかし、かつて「告知するか、しないか」「告知されたいか、されたくないか」と、ハムレットのように人々を悩ませた時代があります。

友人に「ほんとうのことを言ってくれ」と懇願されて、思わず「じつは……」と打ち明けたら、相手がひどく落ち込んでしまったという体験をした人もいます。彼の家人から半狂乱の抗議を受けて、真実を話したことを後悔したと言います。

しかし、ほんとうの話をしたのは話しても大丈夫だと思ったからであって、日ごろの言動から見て、楽天的に物事を考えるタイプに見えたのでしょう。

人の心は他人には見えにくいもので、楽天主義に見えた人が、じつはその正反対の人間だったということがよくあります。

むしろ、自分が悲観的な人間であることを隠すために、楽観的に振る舞っている場合もあります。ブラウニングではありませんが「すべて世はこともなし」と、無理に太平楽を装っているわけです。
花子も、そうした体験を『心の饗宴』の中の「いたましき楽天家」と題するエッセイで述べています［89～92ページ］。
花子の家の壁には、次のような言葉を記した小さな額がかかっていました。

この世の中のだれもかれもが、
あなたのやうな親切者ばかりだったら、
何と愉快に気苦労もなく
のどかに暮せることだらう。

思ふが儘にならぬがならひ、
この世の不満は絶えぬが道理、
常なき浮世に変らぬものは
人の心のゆかしい親切。［90ページ］

この詩のタイトルは「あなたのようなお人」で、快活な楽天家がその周囲を明るくするという詩です。花子は、陳腐ではあるけれども、なにか心惹かれるものがあり、そういう人間でありたいと思っていました。

そして、この額をくれたコルマンというアメリカ人宣教師のことを楽しく思い出していました。彼は社交家で、いつも愉快で元気な楽天家だったのです。

ところが、帰国するコルマンに別れを告げてから何年も経たないころ、彼とその妻と日本生まれの息子が、そろって原因不明のガス自殺を遂げたというニュースが届きました。

彼が愛した詩は花子を元気づけているのに、それを遺した人はなにに絶望したのか、「いたましき楽天家」として死んでしまったのです。

花子は、そのことに「人生の不可解さ」を感じたのでした。

「楽天主義」などというと、人によっては能天気で太平楽な生き方を連想してしまうこともあるでしょう。しかし、前にヘレン・ケラーの「楽天主義」で見たように、そこにはある種、壮絶なまでの自分との闘いがあります。

世の中にはいくら楽天的に見ようとしても、それでも拭いがたい悲劇や悲運があります。

一見、まったく別な世界のことのようですが、先日読んだ『会津 名君の系譜』〔原口泉著、ウェッジ、2013年8月31日第1刷発行〕という本に、次のようなことが書いてありました。

それは「にもかかわらず」の思想というもので、ドイツ語で「トロッツデーム」（trotzdem）の思想というのがあるそうです。

たとえば、ナチスドイツの収容所における過酷な生活を描いた『夜と霧』で有名なV・E・フランクルの書いた『それでも人生にイエスと言う』〔山田邦男・松田美佳訳、春秋社〕という本がある。

その原題は『Trotzdem Ja zum Leben sagen』、どんなに理不尽で耐えられない試練に遭っても、「それでも」、「それにもかかわらず」、もっと言えば「だからこそ」、そこで生きることを否定せず、人生に「ヤー（イエス）」を言う、人生を肯定して生きていくというぎりぎりの選択がここにはある。〔24ページ〕

これこそが、ヘレン・ケラーなどがたどりついた「楽天主義」に近いものではないでしょうか。甘っちょろい楽天主義と違う、本当の「楽天主義」というものがあるとすれば、やはりここまでの厳しさを持った世界にならざるをえない、ということかもしれません。

前述のヘレン・ケラーの『楽天主義』〔岡文正監訳、サクセス・マルチミディア・インク〕には、イギリスの歴史家グリーンの印象的なエピソードが紹介されています〔79〜80ページ〕。

グリーン夫妻は、極寒の中で一片の火も燃やせないような困窮した生活をしていましたが、それでもグリーンの心は、炉に火が燃え盛っているのを感じて、平然としていたといいます。

彼の書いた歴史の中で、英雄たちが躍動しているのは、こうした楽天主義の故であるとヘレンは感じたのです。

いくら人生の痛ましい現実があっても、グリーンのような生き生きした想像力があれば、それによって貧しい現実を新鮮で溌剌《はつらつ》としたものに変えることができる――。これこそまさにアンの生き方にも通じる世界だったのではないでしょうか。

頂上へは楽な道などない。
それなら私は自分なりに
ジグザグに登ればいい。（中略）
隠れていた障害物にぶつかって、
怒りに我を忘れることもある。
それでも気を取り直し、
意気高らかに進むのだ。（中略）
そしてさらにやる気が出て、
ずんずん上まで登っていける。

ヘレン・ケラー著、小倉慶郎訳『奇跡の人 ヘレン・ケラー自伝』
［新潮文庫、2013年4月5日発行、137ページ］

Helen Adams Keller

「ヘレンの恩人」塙《はなわ》保《ほ》己《き》一《いち》にまつわる花子の「顔」の体験

ヘレン・ケラーは、昭和12年以来、三度の来日時、「日本のヘレン・ケラー」とも言われた、両手足のない日本人女性、中村久子に会っています。

『中村久子自伝 こころの手足（普及版）』〔春秋社、1999年11月20日発行〕、瀬上敏雄編著『中村久子の一生――いのちありがとう』〔春秋社、1997年2月10日発行〕などによると、ヘレンの講演会が終わった舞台に、義足で上がった久子の体をヘレンは上から下へと静かになでおろし、手足のないのがわかると、涙とともに抱きしめたといいます。

盲聾唖の三重苦のヘレンだっただけに、両手両足が切断された久子に、自分以上の障害の苦しみを感じ取ることができたでしょう。

そしてその障害に打ちひしがれるのでなく、口にくわえた針で縫ったという日本人形まで土産に持って、舞台に上がってきた久子に、他人とは思えない、深く通じ合うものを感じたに違いありません。

久子は3歳になったばかりのとき、病のために両手両足を切断しました。母親はそんな久子が自立できるようにと厳しくしつけ、わずかに残った上腕部と口を使って、裁縫や編み物、料理、筆記までができるように訓練しました。

久子は、生きていくためにそのことを芸にして、19歳から26年間も見世物小屋の舞台に立ちました。そんな久子を抱きしめたあと、ヘレン・ケラーは、久子のことを「私より不幸な人、そして偉大な人！」と言ったといいます。

しかし、久子は「どんなところにも生かされていく道がある。いかなる人生にも絶望はない」と思いつづけました。そういう意味で、ここにもこの本の大きなテーマである「楽天主義」があるような気がします。

ヘレン・ケラーはまた、このとき最初に、渋谷にある「公益社団法人　温故学会（塙保己一史料館）」を訪れています。

同会のホームページ［http://www.onkogakkai.com/hellen_keller.htm］によれば、「温故学会」は、塙保己一の偉業を顕彰するために、明治43年（1910）、設立されました。

塙保己一は、江戸時代の盲目の国学者です。遠い昔に活躍した日本人の塙保己一をヘレンはなぜ知っていたのか。

それは、ヘレン・ケラーが6歳のとき、両親が相談した前にも触れたグラハム・ベルが、両親に塙保己一のことを話したからです。

祖父の代から聾唖教育を熱心に進めていたベルは、ヘレンが生まれるすこし前に、日本人留学生から塙保己一の話を聞いていたのです。

留学生の名前は井沢修二。信州高遠藩出身の彼は、ベル博士のところで学び、帰国後、文部省高官・教育者として、音楽教育や障害者教育に尽力した人です。

この塙保己一ですが、現在の埼玉県児玉町の農家に生まれています。

3歳で眼の病にかかり、7歳のときには失明していました。針やあんまで身を立てようとして江戸に出たのですが、技術を身につけることができず挫折します。

しかし、師匠や周囲の人々は彼の学問好きを認め、学者の道を勧め応援してくれました。そのおかげもあって必死に学問に励み、水戸藩や幕府に認められるほどの学者になり、和学講談所という国学研究所を作りました。

彼が編纂した『群書類従《ぐんしょるいじゅう》』は、古典を編集したもので、古今集、新古今集、源氏物語など、有名な古典が網羅されています。これら膨大な文献をすべて読んだ保己一の努力には想像を絶するものがあります。

しかも、『群書類従』は、焼失したり紛失したりする恐れがあるために、保己一自身の発案で木版印刷しています。膨大な費用と40数年の歳月がかかったと言われているほどの大事業でした。

その功績を認められ、保己一は総検校《けんぎょう》という盲人にとっての最高位に上りつめ、旗本並みの扱いを受け、将軍お目見えも許されたのです。

来日したヘレン・ケラーが、まず保己一ゆかりの場所を訪ねたわけがわかるような気がします。

ヘレンは、そこに建つ保己一の木像に触れ、塙先生のおかげで障害を克服することができましたと謝意を表し、心から尊敬していると言ったそうです。

さらにいえば、「楽天主義」の一面が保己一にもありそうです。

たとえば、弟子たちに源氏物語の講義をしているときに、嵐のために灯りが消えたことがありました。弟子たちが慌てふためく中、わけを知った保己一は「さてさて、目明きとは不自由なものだ」と言ったというのです。

塙保己一といえば、偶然ながら花子が面白い話をエッセイに書いています『心の饗宴』「顔」」。

塙保己一の故郷の女学校へ講演に行った花子は、保己一の生家を訪れました。記念館を守っているのは長田尹三という人で、保己一を深く尊敬し、記念物の保存を献身的にしていた人でした。
長田は保己一のことを詳しく話してくれたのですが、そのうち花子はあることに気づきました。

「驚いたことには、先生の顔がそこにかかっている画像に瓜二つとも言いたいほど似ているのであった……今までもこの後も人々は長田老人の『顔』を見て人と人との間の感化ということが如何に偉大な事実であるかに驚くであろう」［132ページ］

塙保己一の偉さがわかるようなエピソードと言えるのではないでしょうか。

人々が目で見、耳で聞き、
身体で触れるものはみな、
実在界のものではなく観念であり、
真の原理ではなくその表現で、
実在の不完全なコピーにすぎない。

ヘレン・ケラー著、岡文正監訳『楽天主義』
［サクセス・マルチミディア・インク、2005年3月31日発行、43ページ］

Helen Adams Keller

目が見えない「逆境」で己を磨いた人たちへの花子の共感

幸せなことに、五体満足に生まれた人間にとって、なんらかの障害を持っている人々が、どのような世界に生きているのかを理解することは不可能です。できることは、限りがあることを承知のうえで一生懸命に想像することだけでしょう。

たとえば、盲目の琴の演奏家であり作曲家でもある宮城道雄という人がいます。彼は、昭和31年（1956）に亡くなるまで、七冊の随筆集を出版しました。

花子がエッセイ「『母心抄』「夢の姿」119〜120ページ」で取り上げた宮城道雄の随筆集は、昭和16年（1941）に上梓された『夢の姿』です。花子はその随筆集について、

「この随筆集は不思議に私を静かな世界へ導いてゆく」

と語っています。宮城道雄の『夢の姿』から、すこしだけ抜粋してみます「「宮城道雄オフィシャルページ」https://twitter.com/miyagimichioより」。

「今は、夢を見てもまるで姿がなくて、私の夢はまったく声ばかりである」

「私も夢でいろいろな人の声を聞いたりするのは、起きている時よりいっそう美しく

感じるのである」

花子は、姿の見えない夢を見る宮城道雄の世界に、自分には測り知ることのできない静かな世界を感じたのでしょうか。作家で、芝居にもなった『放浪記』を書いた林芙美子の、この本に寄せた詩を同じ『母心抄』の中で紹介しています。

沙を颱《うご》かす波のやうに
琴の音色はいまの世の人の
心に触れ
若人は青雲をおもひ
老人は肅條とした人世の
風格を味ふ。［119ページ］

花子はまた、ある盲人が信仰の世界に救いを得て書いた詩を紹介し、宮城道雄に共通するものを感じ取っています。

胸の波をさまり

心いと静かにて
我もなく世もなし。

という一節がある。この詩はもっと長いものだが、その全体を通じて一度も『見る』という言葉が使われていない。〔120ページ〕

この、すべてが視覚以外の感覚で書かれた詩から、宮城道雄の随筆集と同じ境地を感じたのでしょう。

「それが読む者を一種微妙な世界に遊ばせるのであろう。たくましく、雄々しい生活が国民凡てに求められる今、その力の源泉としての静かさと反省もまた必要であろう」〔120～121ページ〕

『夢の姿』が書かれたのは昭和16年（1941）、太平洋戦争に突入した年であり、『母心抄』は、その翌年のことです。花子が騒然とした世相の中で、宮城道雄の静かな世界に共感した気持ちがわかるような気がするのです。

そして、これら逆境で己を磨いた人たちへの共感が、『赤毛のアン』の翻訳や戦後再び来日したヘレン・ケラーへの一層の思い入れにつながっていったに違いありません。

偉大な文学を鑑賞するには、
理解よりも深い共感が必要だということだ。
残念ながら、
学者が苦労して考え出した説明は、
ほとんど記憶に残らない。

ヘレン・ケラー著、小倉慶郎訳『奇跡の人 ヘレン・ケラー自伝』
［新潮文庫、2013年4月5日発行、139ページ］

Helen Adams Keller

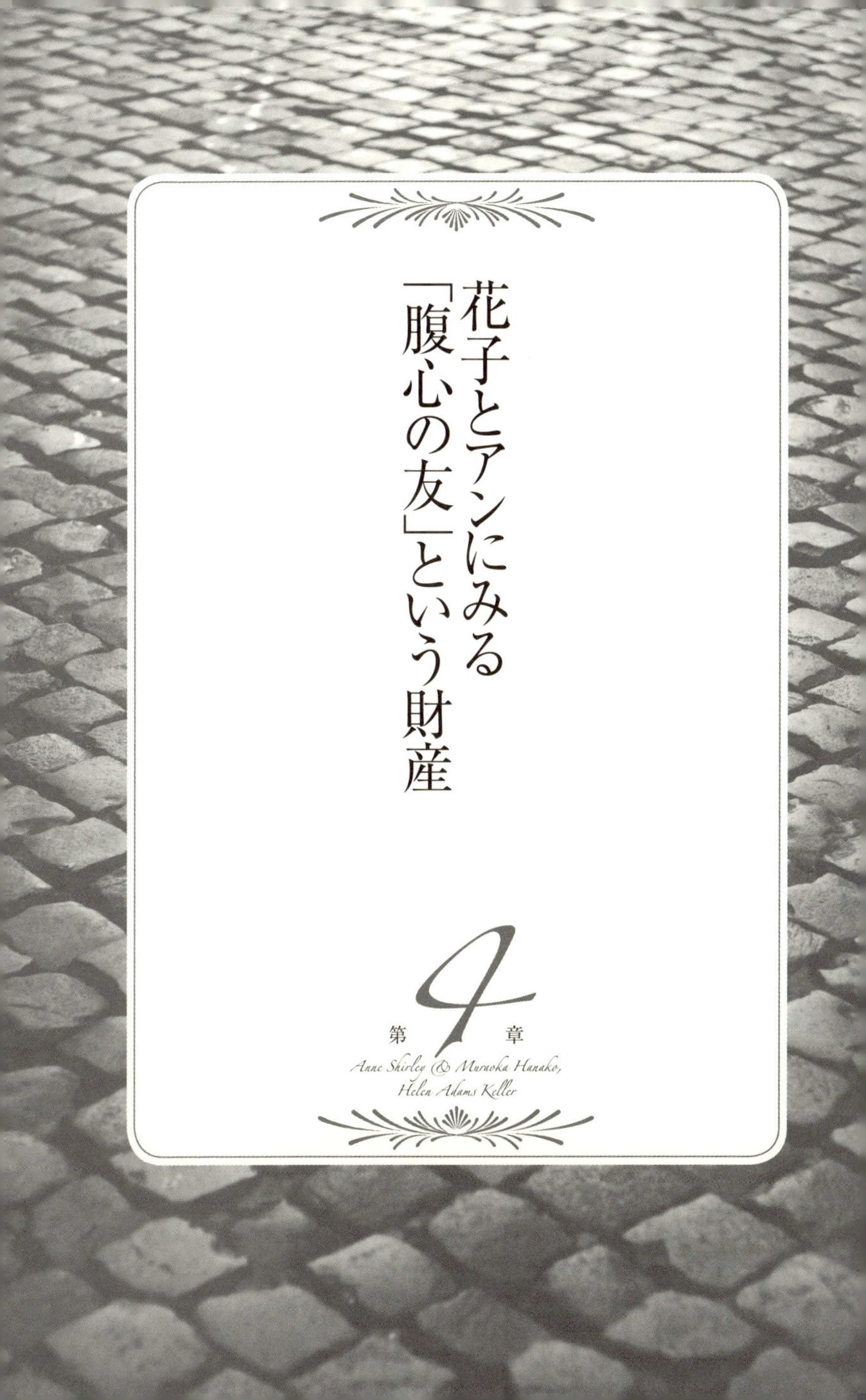

第4章

花子とアンにみる「腹心の友」という財産

Anne Shirley & Muraoka Hanako, Helen Adams Keller

モンゴメリが意識していた有名作家のある作品とは

作家が、過去に活躍した作家を意識しながら作品を創り上げるということはよくあることです。

それは、音楽家が過去に活躍した諸先輩の演奏法を真似たり、画家が尊敬する画家の描法を模倣したりするところから始め、やがて自分だけのものを創り上げるのと似ているところがあります。

電子書籍の作成・販売サイト「パブー」に、モンゴメリの研究家・水野暢子さんが発表されている「ブロンテになりたかったモンゴメリ〜『赤毛のアン』に込めた想い〜」という文章に興味深い指摘があります[http://p.booklog.jp/book/25151/]。

『赤毛のアン』の作者モンゴメリにも、意識していた作品がありました。

それは、19世紀中ごろ、イギリスで活躍したブロンテ姉妹と呼ばれる三人の姉妹の中の長女シャーロット・ブロンテの『ジェーン・エア』です。

水野さんによれば、『ジェーン・エア』を発表するにあたって、シャーロットは妹たちに「不器量で小さなヒロインが、あなたたちの描くヒロインと同じように、魅力的な人物になれることを証明してみせましょう」と言ったといいます。
モンゴメリが、この言葉に触発されたことは、『赤毛のアン』の次の箇所でよくわかります。それは、男の子がほしいと思って迎えに出かけたマシューが、駅で待っていたのが女の子と知ってとまどうシーンです。

色あせた茶色の水平帽の下からはきわだって濃い赤っ毛が、二本の編みさげになって背中にたれていた。小さな顔は白く、やせているうえに、そばかすだらけだった。口は大きく、おなじように大きな目は、そのときの気分と光線のぐあいによって、緑色に見えたり灰色に見えたりした（『赤毛のアン』23ページ）。

アンが孤児院育ちであることも、ジェーンが孤児だったことと無関係ではないでしょう。ジェーンは過酷な運命を背負いながら、賢さと優しさを武器に生き抜き、家庭教師として住み込んだ家のご主人と結ばれます。
こうした展開も、アンが長いこと仲たがいをしていたギルバートと最後に心を通わせ、やがて結婚するところとよく似ています。

水野さんによれば、『ジェーン・エア』に登場する教師のモデルとされているシャーロットの恩師は、シャーロットのことを「とても賢い子どもで、姉妹の中では一番おしゃべりでした」と語り、シャーロット自身も、自分のことを「私はすぐに機嫌がよくなったり悪くなったり、怒りっぽかったり、気性も激しいところがあります」と言っているそうです。

アンがリンド夫人に、「きりょうで拾われたんでないことはたしか」とか、「こんなそばかすってあるだろうか」とか「髪の赤いこと、まるでにんじん」などと言われたときに怒りを爆発させるシーンです（『赤毛のアン』111〜113ページ）。いかがですか。

顔を怒りで真っ赤に燃やし、唇をふるわせ、ほっそりした体を頭から爪先までうちふるわせながら突っ立った。そして床を踏みならして「あんたなんか大きらいだわ」と声をつまらせながら叫んだ。（中略）目をいからせ、こぶしを握りしめてリンド夫人に面と向かって立った。激しい怒りを空気のように、その全身から発散させた。

ほんとうにあなたをかわいそうだと思うわ。
だって、あなたは人生を
閉め出してしまったのですもの——（中略）
そんな真似はおやめなさいな。
人生に向って戸を開くのよ。
そうすれば人生が入ってくるわ。

モンゴメリ著、村岡花子訳『アンの幸福』
［新潮文庫、1986年3月10日56刷、225ページ］

Anne Shirley

花子にとっての「腹心の友」柳原白蓮と片山廣子の生涯

アンは、マシュウ・マリラ兄妹に引き取られてグリン・ゲイブルスで暮らすようになるまで、親友はいませんでした。それまでのアンにとっての友だちは、本箱のガラスに映る自分自身と、近くにある緑の谷から聞こえるこだまだけでした。

ガラスのはまった本箱は、最初の養母トマスおばさんのもので、緑の谷は、次の養母ハモンドおばさんの家の近くの川の川上にあるものでした。

アンはそれぞれに、ケティ・モーリス、ヴィオレッタと名づけていましたが、いずれも空想の世界においての親友だったのです。

こういうわけで、アンは親友といわずに「腹心の友(a bosom friend)」と表現したのでしょう。それほどアンは、心の奥に秘めたことまで打ち明けられる友だちを求めつづけてきたことになります。

アンの切望に応えて「腹心の友」になったダイアナ・バーリーはどんな少女だったのでしょうか。モンゴメリは、アンとは180度違う人物像を配しています。

つまりダイアナは、ばら色の頬を持つ、すこし太り気味の陽気な美少女で、裕福な家庭で家庭的に育てられたせいか、普通に健康に育った娘でした。

しかし、持ち前の素直さと明るさで、アンの「腹心の友」という大げさな言い方を受け入れ、アンの提案する「誓いの言葉」を言い合うことを、笑いながら承知してくれるのです[『赤毛のアン』151ページ]。

お互いに手を取り合い、「太陽と月のあらんかぎり、わが腹心の友、ダイアナ・バーリーに忠実なることを、われ、おごそかに宣誓す」と誓ったアンの言葉を、そっくり復唱してくれたダイアナでした。

「あんたって変わっているわね、アン。……でもあたし、ほんとうにあんたが好きになりそうだわ」と言ってくれたのです。

卒業後、二人の道は大きく分かれていき、ダイアナが登場するシーンは次第に減っていきますが、多感な一時期、ダイアナの存在はアンにとって大きな救いになったに違いありません。

一方、授業料の要らない給付生として東洋英和女学校で学んだ村岡花子に「腹心の友」と呼べる存在があったのでしょうか。

花子の孫のあたる村岡恵理氏の『アンのゆりかご 村岡花子の生涯』によれば、アンのように「腹心の友」の誓いはしなかったでしょうが、花子の生涯に大きな影響を与えた人物がいました。

一人は、柳原伯爵令嬢の燁子《あきこ》です。妾腹の娘として生まれた彼女は、8歳で北小路家の養女になり、15歳でその長男と結婚させられ、16歳で出産しています。その生活に耐え切れず、20歳で離婚していました。

実家にもいづらかった燁子は、結婚で断念していた勉強をしたいと考え、東洋英和女学校での寄宿生活を始めたのです。上流家庭の子弟ばかりの学校においても彼女の家柄は群を抜いており、その美貌とあいまって、たちまち注目の的になりました。

そのとき、花子は16歳。学校は内緒にしていましたが、燁子の劇的な過去は、ほかの友だちとはまったく違う雰囲気を漂わせていたのでしょう、強く惹かれるものがありました。

和歌に慰めを見出してきた燁子もまた、英語がよくできて、西欧文学という別世界を見せてくれる花子と出会ったことを喜び、二人は、アン・ダイアナとはまた違う友情を育んでいったのです。

燁子の影響で日本文学にも興味を持つようになった花子は、やがて校長の許しを得て、燁子の師である佐々木信綱の門をくぐることになりました。そこには、長谷川時雨、五島美代子、九条武子など、優れた女流歌人がいて、花子も大いに刺激を受けたのです。

そしてもう一人は、信綱が紹介してくれた、女学校の先輩にあたる片山廣子《ひろこ》（花子は松村みね子とペンネームで記している）です。

彼女は歌人である一方で、英米文学にも通じていました。信綱は、歌人になる以外の道を花子に勧めたかったようです。

花子より15歳も年上の廣子（みね子）は外交官の娘で、このときすでに結婚をしていて2児の母親でもありました。夫の片山貞次郎は、のちに日銀の理事になった人でしたが、妻の活動に理解を示してくれました。

ですから、花子は初めて片山邸を訪れたとき、廣子（みね子）が自分だけの書斎を持っていることに驚かされたといいます。本の好きな花子にとっては、うらやましいの一言だったことでしょう。

花子は、廣子（みね子）のことを「松村みね子さんが私を近代文学の世界へ導きいれて下すった。そうして、その世界は私の青春時代を前よりももっと深い静寂へ導きいれるものであった。……」と記しています『心の饗宴』「静かなる青春」15〜17ページ」。

なお、柳原燁子ですが、おそらく歌人柳原白蓮《びゃくれん》と言ったほうがわかりやすいでしょう。

というのも、その後彼女は、炭鉱王の伊藤伝右衛門と、売られるようにして結婚し、宮崎竜介との不倫の果てに出奔し、歌人として高名になっているからです。

この事件は、その美貌と出自などから、世の中に注目される大事件として語り継がれているのです。このとき、伊藤伝右衛門が未練を見せず、潔く離縁状を認《したた》めたことも話題になりました。

花子は、彼女が伊藤伝右衛門と愛のない結婚をしようとしていることを非難し、「心を与えないで、身を与えるのは罪悪」と言って絶交を宣言しています。

若い花子は深い事情に思いをいたすことができず、ただただ「腹心の友」を失うことが悲しかったのでしょう。

幸せの扉がひとつ閉じるとき、
別の扉がひとつ開く。
けれども、私たちは
閉じたほうばかりを見つめていて、
私たちのために開《あ》けられた扉に
気づかないことが多い。

ヘレン・ケラー著、岡文正監訳『楽天主義』
［サクセス・マルチミディア・インク、2005年3月31日発行、77ページ］

Helen Adams Keller

自分の訳したヒロインたちの中で花子は誰を一番愛したか

ここで紹介する花子のエッセイは、『生きるということ』〔あすなろ書房、1969年11月8日発行〕と題するエッセイ集の中の一編で「ふたりの少女」です〔120〜124ページ〕。「ふたりの少女」というタイトルですが、花子は二人どころか、四人ものヒロインの名前をあげて、彼女たちのすべてが気に入っていると言っています。

一人は『少女パレアナ』のヒロイン、パレアナです。喜びの少女と呼ばれるパレアナは、どんなことにも喜びを発見する少女です。両親を一度に亡くし、叔母の家に引き取られたパレアナは「よかった探し」をするという父との約束を守り、町を明るく変えていくのです。

花子は、アメリカの友人の多くがパレアナのファンで、クリスマスプレゼントとして何人もの友人からこの本が送られてくることに面食らいました。しかも、日本にいるアメリカ人、カナダ人、イギリス人が夢中になっていることにもびっくりします。

しかし、花子自身は最初、パレアナという少女の、こうした設定が気に入らず、わざと、続編『パレアナの青春』を訳しました。これは、青春を迎えたパレアナの恋愛物語です。

その後、すでに出ていた前編も花子訳と思われていることや、その訳が自分の訳とされることに少々不満を感じていたことから、前編を『少女パレアナ』というタイトルで翻訳しました。

翻訳することで、花子はパレアナに対する嫌悪感を払拭しました。なぜならば「いつでもなんでも喜ぶということはじつに意力がいることだということは、本を読んでみるとわかるのであった」からです。

それに、かつて町で起きた事件を、町に住む変わり者たちと解き明かしていくという謎解きも、この本を面白くしているのです。

もう一人は、『リンバロストの森の乙女』のヒロイン、エルノラです。母親と二人暮らしのエルノラは、森の中に住むさまざまな蛾の標本を作り、それを売って高等学校へ通っています。

エルノラは、非常に几帳面で物事の順序に外れたことを一切しないという少女です。花子は、エルノラもまたお気に入りのヒロインなのですが、「完璧すぎるエルノラより、欠点だらけの赤毛のアンが好き」という読者からの便りを読んで、改めてアンのすばらしさを再確認しました。

こうして見ると赤毛のアンは実にすばらしい。……さすがに、この本はおもしろい本である。……

なるほど、こう考えて来ると、欠点だらけのアンがいちばん好もしい。そして、この少女だけはいかなる時代になっても、きっと愛されるであろう。

［122～123ページ］

花子は、四人目に、エレンという少女の名前を挙げました。娘のみどりが訳した、原題『広い、広い世の中』のヒロインの名前です。花子は、これら四人の少女のすべてが、日本の若い女性の読書に耐えうるだけの魅力を持っていると言っています。

しかし、このエッセイ全体を読むと、やはり花子が一番愛したヒロインはアンだったようです。

アンは笑い、自分に捧げられた讃辞の
いいところだけは受取り、
有難くないところは捨て去った。

モンゴメリ著、村岡花子訳『アンの青春』
［新潮文庫、1978年4月30日48刷、343ページ］

Anne Shirley

アンを愛した花子による もっとも愛情深い「アン」ガイド

これも前に紹介した『村岡花子エッセイ集 腹心の友たちへ』に収録された、昔書かれたエッセイです。元の本は『生きるということ』というタイトルで発表され、この一編は、本のタイトルと同じ「生きるということ」という見出しで書かれています［あすなろ書房、1969年11月8日発行、152～161ページ］。

『赤毛のアン』という一人の少女の成長物語を案内するにふさわしく、花子は、かつて成人を祝う祝日だった1月15日に、新成人に向かって語りかけています。

「時はさまざまな人たちとつれだって、さまざまな足どりで旅をする」という、シェークスピアの言葉を引いて、花子はこう語ります。

「同じ二十四時間という時間から成り立っているこの一日という時も、一しょにつれだって歩く、言いかえれば、その時をすごす、ひとりひとりの人間によって、どれほど意味をもち、値うちをもち、実りをもってくることでしょう」［152ページ］

「しかし、そのためには、かしこい知恵と、どんなことにもくじけない勇気が必要です。……わたしたちは心を素直にして、それらを学びとり、さらにその上にすばらしいものをつみかさねてゆかねばなりません」〔154ページ〕

「思いがけないところに、曲り角があって、……遠まわりをしなければならなくなったということもできてくるのです」〔155ページ〕

ここまで述べたあと、花子は「モンゴメリー女史の書いた『赤毛のアン』という作品を読んだことがありますか」と尋ねます。そして、なにも知らない小さな奇妙な少女が、マシュウとマリラの愛情を受けて成長していくという物語を語りはじめました。

「教会にゆき、学校にかよい、お料理や縫物もおそわり、なかのいい友だちもでき、しだいに魅力のある愛情ぶかい、美しい少女になってゆきます」〔157ページ〕

「生まれてはじめてのピクニックにゆき、あこがれのアイスクリームを食べ、天にものぼらんばかりの喜びにひたったこともありますし……」(同)

話は次第に佳境に入り、花子が伏線として語った「曲り角」になりました。クイーン学院を優秀な成績で卒業したアンは、奨学金で大学へ行けることになります。曲がり角は、ここでやってきます。アンが帰宅した翌日、最愛のマシュウが亡くなったのです。アンはすぐに近くの学校の教師になる決心をしました。

花子の語りです。

「道には曲り角がある。……思いがけないことから道を曲り、その先になにが待っているかわからない、見通しのきかないほそい道を歩くことになりましたが、でも……ほそい道には、ひろい、まっすぐの道よりもずっとたくさんの心の宝がそなえられてあるのです」［160〜161ページ］

「それは、アンのことばどおり、『犠牲』などという暗い、みじめなものではなくて、自分の力をせい一ぱいだして、人のために役だて、そこから自分もやはり喜びをうけとって、明るく、たくましく生きていったのです」［161ページ］

人は、とかく困難にぶつかると、それを人のせいにしたり、運の悪さを嘆いたりしがちです。アンの生き方を新成人たちに示すことで、曲がり角の先にあるものをいいものと思うように、いいものにする努力をするようにと言いたかったのでしょう。

そして同時にこのエッセイは、花子による、もっとも愛情深い「アン案内」になったのです。

あたしの中には
たくさんのアンがいるんだわ。（中略）
もしあたしが、たった一人のアンだとしたら
もっとずっと楽なんだけれど、
でも、そうしたらいまの半分も
おもしろくないでしょうよ。

モンゴメリ著、村岡花子訳『赤毛のアン』
［新潮文庫、2013年6月10日10刷、282〜283ページ］

Anne Shirley

英語を自在に操りながら和服党、日本語を大事にした花子

ある経済学者が、経済現象の起きる期間のことを「長期的スパンが」とか「10年ごとのスパンで」などと話していて、ちょっと聞き取れない「……スパンの」という表現がありました。

どんなスパンなのか、わからなかった人が、ネットで調べたら、当時のアメリカの中央銀行（FRB）議長グリーンスパンのことだったという話があります。

日本人の悪いクセで、外国通を気取る経営者や学者や政治家は、カタカナ語を使いたがる傾向があります。だから、経済学者の言った人名も経済用語の一つと思ってしまったのです。

そんな中で、海外勤務が長いのに、インタビューなどでほとんど横文字を使わないことで好評だったのが、キヤノンの会長兼社長で経団連会長も務めた御手洗冨士夫氏だという話を聞いたことがあります。

この点でいえば、花子は御手洗冨士夫氏の大先輩に当たるのかもしれません。「電

話のエティケット」と題するエッセイ『生活の流れに棹さして』東洋経済新報社、1953年3月1日発行、137ページ」で、花子は次のように語っているのです。

ときどき奇妙な質問をうけることがある。「あなたは長い間英語の勉強をしている人だと聞いていたが、あなたの話の中には、英語が一向にまじらないのはどういうわけか」——と尋ねられたりすると、何と答えていいのか面くらってしまう。

花子は日本人同士が話しているときに、英語を交えないことを不思議がる人々がいることをおかしいと感じているのです。

ですから、このエッセイのタイトルを「電話のエティケット」と横文字を使うことにもこだわり、すでに日本語化している言葉だから許されてもいいのではないかと、自問自答しながら使っています。

また和服に関しては、ときどき着物を買うつもりが本を買うことになってしまうと言いながら、

「私は着物への愛着は相当に持っているらしい。……『そら、こういう柄のお羽織を

召してらした方よ』と言いながら、両方の手で大きな輪を作って、その人の背中の模様をあらわして見たり、『あの赤の勝ったお羽織の方が』と言ってみたり……衣装のみが印象する力を持ったのだ」〔『母心抄』61〜63ページ〕と言う。

このように、他人の和服姿に多大な関心を持つだけに、花子自身も和服党と言っていいほど、ふだん着もよそゆきも和服で通していました。

しかし、同じ『母心抄』で書いているように、それは信念の選択というより、もっと謙虚な動機だったようです。洋服のほうが便利だと思っても、洋装にしないのは、ただ「自分に自信が持てませんから」というのです。

「全国統一の婦人服ができれば別のことだけれども、今まで洋装ということをした経験がない私は、もし洋服を着たら、まったく自分の身なりについて自信を持てなくなるにちがいない。自信を失ったら何もできない」〔64〜65ページ〕

たしかに明治維新後、日本は急速に洋風化を目指しました。鹿鳴館時代での洋装パーティのように、外国から「猿真似」と揶揄《やゆ》されることも多々ありました。

それを考えると、「たかが衣装」と侮ってはいられない気持ちもします。そういう意味で、日本語にこだわり、和服にこだわった花子の精神から学ぶべきものがあるのではないでしょうか。

私は着物にも感情があると思う。
着物の持つ感情とチグハグな行動を
取っている時ぐらい憂鬱なものはない。

村岡花子著『母心随想』「片々集 衣裳哲学」
［時代社、1940年6月22日発行、237ページ］

Muraoka Hanako

第5章

困難を乗り越えて強く優しくなった三人の生き方

Anne Shirley & Muraoka Hanako,
Helen Adams Keller

厳しい環境の中で内へ内へと向かった「自由の世界」

これまで述べてきた『赤毛のアン』のアンや、『アンネの日記』のアンネも、ともに豊かな想像力の持ち主です。

たとえば、アンが駅でマシュウの迎えを待っているとき、

「もし、今夜いらしてくださらなかったら、……あの大きな桜の木にのぼって、一晩暮らそうかと……桜の花の中で眠るなんて、すてきでしょうからね。……まるで大理石の広間にいるみたいだと想像できますもの」〔『赤毛のアン』24ページ〕

と、ようやく現れたマシュウに話しかけています。

孤児になって、近隣のおばさんたちに引き取られたときのことも、

「もし想像力がなかったら、あそこに住んでいられなかった」〔同73ページ〕

と思い出しています。そのほか、自分をコーデリアという名前だと想像したり、周囲の風物に想像力たくましい名前をつけたりします。

あるいは、おばさんの家に引き取られて友だちもいなかったときには、ガラス戸に

映る自分やこだまに名前をつけて、たくさんの打ち明け話をしては現実のつらさに耐えようとしています。

アンネも想像力に関しては負けていません〔『アンネの日記』文春文庫、深町眞理子訳、2003年4月10日、2013年7月5日20刷〕。

残してきた猫のことを考えて、

いまからでも彼女をとりもどせたらなあ、なんて、あれこれ計画を夢に思い描くほどです。ここではたえずそういうすてきな夢想にふけっています。〔同59ページ〕

いま、こんな空想をしています……わたしはスイスに行っています。パパとふたりでひとつの部屋に寝起きし、……わたしをびっくりさせようとして、みんなが前もってその部屋に入れるティーテーブルやデスク、肘かけ椅子、ソファベッド、その他の家具を買いととのえておいてくれたんです。〔同95ページ〕

アンもアンネも、こきつかわれるだけのおばさん宅や孤児院、そして隠れ家で拘束された環境に置かれていました。

その中で、唯一自由に羽ばたくことができる世界が想像の世界でした。彼女たちは内面の想像の世界で羽根を伸ばしていたのでしょう。ヘレン・ケラーなどは、それにも増して、想像の世界に生きることしかできなかったのかもしれません。

こうした、それぞれの少女たちが置かれた厳しい環境の中で彼女たちが必然的に向かったのは、心の内側に秘めた「自由の世界」でした。

そういう意味では、花子もまた同じような体験を語っています〔『心の饗宴』「静かなる青春」10〜18ページ〕。

花子は、この項の最初に前出の柳原白蓮を、ここでは「筑紫の女王と云はれて騒がれた歌人の某女史」と呼んで、彼女と初めて会った日のことを語っています。

年齢を聞かれて、18歳(『アンのゆりかご』では16歳)と答えたとき、曇りを帯びた相手の表情から花子は、彼女が花子の若さと無邪気さをうらやんだのかもしれないと思いました。

しかし、自分の青春を振り返ってみると、けっしてそのような自由な青春ではなかったと言います。たとえば、明治の終わりに女学生だったのに、当時世相を揺るがした青踏社の「新しい女」の運動に関心を持った覚えがないと言うのです。

その原因は、おそらく女学校の厳格で古風な校風にあったと花子は語ります。

とにかく、外界とは関係のない静かな生活――寂びた生活――を麻布の丘の上の校舎で営んでいた。［13ページ］

もちろん、花子は孤児でもなく人種差別を受けたわけではありませんが、この学び舎がかなり閉塞的であったことはたしかでしょう。

とくに、学園きっての文学少女だった花子への監視の目は厳しかったそうです。花子は、英語の小説を読むことを満たされない読書欲のはけ口にしました。

語学を勉強する時間は他校より多く、学力は相当についていたので、読む気のある者は、ぐんぐんその方面に伸びていけた。［14ページ］

花子は、英語の小説を読むことでいろいろなことを覚え、想像を羽ばたかせていったのではないでしょうか。たとえば、スコットの『ケニルワース』を読んでいたとき、妻の背信を憤る夫の言葉にドキッとしています。その言葉とは、

「私はお前を自分の寝室と財産を分かち合う者としたのに……」〔15ページ〕

であり、花子はまさに禁断の実を食べてしまったように狼狽し「誰もいない図書室であわてて本を伏せた」のです。

さらに、花子は、前にもご紹介した片山廣子（松村みねこ）との出会いで、内へと向かう「自由の世界」を得たと言っています。

……時代の動きをよそにして、婦人はおとなしく、慎み深く、控えめに、しかしながら心の持ちかたはたくましく、正しい道を一筋に歩むようにと教え込まれるかたわら、宗教上の勤行も相当に厳しく押しつけられるのだから、必然的に自由の世界というものを内へ内へと築いて行く。〔17ページ〕

つまり、時代の若い人々が実社会で進路を開いていくかたわらで、花子は、「思う存分に疑い、夢を見、反抗して」いたのです。

どうしてこのごろの人たちはこんなに
「幸福、幸福」と言うのだろう？
幸福の追求だけが生活ではない。
ほかのことをしているあいだに
結果として幸福を得るというふうに
考えられないものかしら？——

村岡花子著『生きるということ』「なつかしさの中に生きて」
［あすなろ書房、1969年11月8日発行、32ページ］

Muraoka Hanako

アンやヘレンの不幸を幸福に変える「逆境力」の源

花子が翻訳した『スウ姉さん』［角川文庫、1965年12月20日発行、1969年5月30日9版］という作品があります。この作品の主人公スウ姉さんは、音楽の才能がありながら、亡くなったお母さんに代わって、家族の世話をしなければならなくなりました。スウ姉さんは、こうした困難な状況に追い込まれたにもかかわらず、負けずに、持ち前のユーモアで生き抜いていきます。作者は、4章でご紹介した『パレアナ・シリーズ』を書いたエレナ・エミリー・ホグマン・ポーターです。

ポーターが『スウ姉さん』を書いたのは晩年のことで、かなり自伝に近い作品になっています。ポーター自身が、いろいろと困難な状況を味わっているのです。

生来病弱だったポーターは、高校を中退し、その後歌手を目指してボストンのニューイングランド音楽院に入学しましたが、そこでも挫折してしまいました。24歳で結婚してマサッチューセッツ州に移住し小説を書きはじめましたが、デビューできたのは10年後の34歳のときでした。

『スウ姉さん』が翻訳され世に出てからの反響は大きく、花子は、若い女性記者からの手紙をうれしく読み、エッセイに書き記しています『『生活の流れに棹さして』「仕事のよろこび」143～144ページ』。

私が生きてゆくことに希望を失いかけていた頃、「今ラジオで読んでいるスウ姉さん、あの人の生活を知ってたらあなたも希望がもてるようになりますよ」と人にすすめられて……。

とあり、今までに何度も読み返し、姉にも見せたと言います。その姉は両親が亡くなったあとを守っていて、我が家のスウ姉さんであり、姉にこの本を読ませてあげて、自分でもとてもいいことをしたと思っているという内容の手紙でした。

花子は、「『スウ姉さん』という人物を日本の生活の中に紹介したことだけにでも私は喜びを持とうと思った」と言っています。

スウ姉さんに限らず、物語上の人物も実在の人物も、乗り越えることが困難と思える不幸を抱えています。しかし、その不幸を彼女たちは乗り越え、幸福に変えました。

この力を、心理学では「レジリエンス」と言い、今年の4月17日、NHKテレビ『クローズアップ現代』でも、「折れない心の育て方～レジリエンスを知っていますか?」と題して大きく取り上げられました。

レジリエンスは、「逆境」に負けずに跳ね返す力のことですから、日本語では「逆境力」という表現が的を射ていると思われます。

孤児のアン、三重苦のヘレン・ケラー、人種差別に苦しむアンネ、ドラマの中の貧農の子・花子、そして、スウ姉さんにパレアナと、いずれも逆境の中から立ち上がろうとしています。こうした「逆境力」はどこから出てくるものなのか。

彼女たちが共通して持ち合わせているもの、それは「前向きの姿勢」です。アンならば、物語の冒頭と最後に出てくるブラウニングの詩に象徴される「楽観主義」です。ヘレンならば「障害は不便だが不幸ではない」という「楽天主義」です。アンネならば「人間の本性はやっぱり善」と信じる「希望を捨てない心」です。

コロンビア大学の心理学者ジョージ・ボナノは、レジリエンスとは「極度の不利な状況に直面しても、正常な平衡状態を維持することができる能力」と定義しています。そう考えると、彼女たちの持つ「前向きの姿勢」こそが、逆境力という能力の源泉と言えそうです。

人生の機微を、すなわち、
人になにか愛するものがあるかぎり
決して貧しくはない。

モンゴメリ著、村岡花子訳『アンの幸福』
［新潮文庫、1986年3月10日56刷、212ページ］

Anne Shirley

最大の「逆境」は、花子にどんな宝物をもたらしたか

1章で述べたアンと花子とヘレンの共通性の中でもっとも重いもの、それがこの章で述べている「逆境」ですが、花子を襲った最大の「逆境」は、1942年に出版した『母心抄』［西村書店］の中で、こう書かれています。

私が今日までの生活の中で、一番苦しかったのは、大正十五年に愛児を失った時である。その前大正十二年の大震災では、（中略）かなりに衝撃を受けたものの、これとても、それから三年後の秋の初めに僅か一昼夜の患いで忽然として、いとし子に逝かれた時の血を吐く思いに比べたなら、物質上の損失などは、物の数でもなかった。［139ページ］

その愛児とはすでに書いたように、長男の道雄です。花子が自分の腹を痛めて産んだ唯一のわが子でした。道雄は1920年に生まれ、1926年、すくすくと育った

かわいい盛りの満6歳直前のとき、突然高熱に冒され、わずか3日で医師たちの懸命の治療と、家族の必死の祈りにもかかわらず、世を去ってしまったのです。

その後、花子はこの苦しみから逃れるように翻訳の仕事に没頭しますが、新たな子供には恵まれず、妹・梅子が1932年に産んだ娘、みどりを養女に迎えます。

そして、1941年、前にも紹介したエッセイ集『心の饗宴』の中で、「逝きし子」と題した1章を設け、「兄を知らぬ幼きミドリのために母は過ぎ去った悲しみの日の手記をここに収める――」〔219ページ〕という副題のもと、道雄を失ったときの生々しい感情を吐露しています。

その後、1960年に書かれたエッセイ『若き母に語る』〔池田書店、1960年5月20日発行〕の第八章「子を失う」1「私はまだ生きている」によれば、たまたま花子はこの出来事の直前、女学生時代の友人と旅先で会います。この友人は生まれて間もない子を抱えて夫に死別し、しかもその大事なわが子を、つい1年前に7歳で失っていたのです。

花子はこの友人の身の上を知り、もしもわが子が友人の子と同じことになったら、自分はとても生きていられない、と思います。

というのも、その旅に出る直前、道雄がちょっとしたけがをして激しく泣き叫ぶ事件がありました。今回は命に別状なかったが、もしもっと大けがだったら、命に関わるほどだったらと、不吉な考えが払っても払っても拭えなかったのです。

そしてその友人に、子供かわいさがゆえに起こるこの不安な心中を吐露します。

「あなたは、(中略)そのお子さんもない今どうして暮していられるの？　あたしには、あの子がいない生活なんて考えられない、子供なしの生活だったら、死んでしまうと思うのよ」[199〜200ページ]

どういう運命のいたずらか、この花子の不吉な予感が現実になってしまったのは、それからわずか数日後のことでした。火のようなわが子を抱いて医者に急ぐ花子が、「坊や、坊や早く直ってお家に帰るのよ」とささやくと、「直らなかったらどうするの？」と子供に聞かれ、あまりの恐ろしさに花子は呼吸が止まる思いでした[201ページ]。

その3日後、道雄は世を去り、「死んでしまう」と言った花子は、狂わんばかりに嘆きましたが、それでも生きつづけました。花子はこの苦しみをどう乗り越えたのでしょうか。あるいは乗り越えられなかったのでしょうか。

同じエッセイの中で花子は、その友人が、「その時は、その時の力が湧くものよ」と言ってくれたこと、ある詩人が、「人間の心がどれだけ耐えられるものであるかということを、愛する者が世を去るのを見るとき始めて悟った」と言ったことを思い出します。そして、こう続けています[201〜202ページ]。

――人間の心がどれほど強靭なものかということに私は驚きとおしています。

「生きられない」

と思いこんでいた者が、笑いもし、憤りもし、愛しもしてきたのです。――たしかに、人間の心はある意味で強靭です。そして、死ぬほどの苦しみにも「時の薬がよく効く」とも言われ、打ちひしがれて生きていけないと思った人が、時間の経過とともに苦しみをやわらげ、何とか生きつづけられるのです。

わが子を失う苦しみに立ち向かうやりかたは、人それぞれの面もあるようです。ある母親は、その「時の薬」を拒否するように、つまりその悲嘆を風化させたくないかのように、家に亡き子の写真や位牌を飾ることをしませんでした。毎日、亡き子の遺影を見ているうちに、どんなに悲嘆の深い親も、しだいにわが子の死を受け入れていくものですが、この母親はそれを拒みました。50年以上経った今でも、彼女の心の中にはその幼子の死の、生々しい現実が生きているようです。つらいことでしょうが、それはその人の生き方として尊重すべきでしょう。

花子の場合も、ただ単に「時の薬」に身を任せ、苦しみの薄まるのを待ったわけではないようです。苦しみの中で、聖書の中の「目より鱗のごときもの落ちて見ることを得たり」という言葉を思い出します。この苦しみのお蔭で、自分の目のうろこが落ちたように感じたと言います『母心抄』141ページ」。

「この悲痛に遇って以来、私の人生の見方は全く変った」と言い、「人生の喜びと悲しみ、その様々の相《すがた》に対し何という浅薄な考え方をしていたか」と反省します。

そして、「私は子を喪って、初めて子を愛する道を悟った。自分の愛しかたが如何に浅墓なものであったかということも自覚した。子を愛すると思いつつも、それは自己の野心の満足を求めていた時もあったのを悟った」と言うのです「143ページ」。


「我が子」という対象を肉眼の前に持たずして我が子を愛する今、愛は醇化して行く、そうしてその醇化された愛は私を励まして、有意義な生活を営もうとの理想に導いて行く。「143〜144ページ」


こうして花子の中では、長男の死という最大の「逆境」が「醇化」され、より大きい子供への「愛」という「宝物」に変わっています。その一つの表れが、花子が持っていた膨大な本を、地域の子供たちに開放した「道雄文庫ライブラリー」「1952年〜1967年」でしょう。

死んだ道雄はこうして、多くの子供たちに「宝物」を贈ってくれたのです。

美しきものは命短し、短きが故に、
不滅の印象と感激を遺すのだ。
その印象と感激は「悲しみの母」に
不断の霊感を与える。

村岡花子著『母心抄』
［西村書店、1942年10月5日発行、145ページ］

Muraoka Hanako

花子が「原書」の重要シーンを翻訳しなかった理由

２００８年12月、「東大の教室で『赤毛のアン』を読む」〔東京大学出版会〕という本が出版されました。著者の山本史郎氏は、詳細な注や解説の付いた研究書とも言える『完全版・赤毛のアン』〔原書房、１９９９年11月25日発行〕を出版された学者です。

今まで『赤毛のアン』を読んだという男性は少ないのですが、「英文学を遊ぶ９章」という副題があるところを見ると、この本には、おそらく男性ならではの視点があるのでしょう。

「まえがき」を読むと、たしかに山本氏はゼミの学生たちに、いろいろな疑問を投げかけ、ミステリーを解くように答えを引き出そうとしているようです。

ここでは、日本初の翻訳者であり、この本の主役の一人でもある花子に関する章を紐解いてみたいと思います。「４章『赤毛のアン』の謎――村岡花子はなぜ「マリラの告白」を訳さなかったのか?」からです。

ただし、平成20年２月25日発行の新潮文庫、村岡花子訳『赤毛のアン』――赤毛のアン・シリーズ1――では、省略はほとんど埋められています。

そのことについては、同書巻末「改訂にあたって」で触れられていますが、ここでは、旧版についての山本氏の考察が興味深いので、ここで論じられていることをご紹介することにします（『東大の教室で『赤毛のアン』を読む』61～80ページ）。

原作の重要なシーンとは、全38章のうちの37章、マシューが心臓発作で死に、お葬式が行われたあとのシーンです。花子は、山本氏の翻訳では30行にもなるこの箇所を、わずか11行に省略しています。

悲しみのあまり涙も出なかったアンは、暗闇の中で目覚め、マシューとのあれこれを思い出して号泣します。その細かい描写が省かれているのです。

とくに、泣きじゃくるアンの許へやってきたマリラが、アンに今まで言えなかった本心を告白するシーンはまったく訳されていません。

本心とは、アンを厳しく育てたマリラが、じつはアンと暮らすことに喜びを感じ、自分の子どものように思っていたということです。

日本的な美学なのではないかと言う学生もいたのですが、山本氏は、それを根拠として乏しいと言います。それでは、なぜ花子はこの重要な場面を訳さなかったのでしょうか。

山本氏は、花子が翻訳するにあたって、マリラにある種の類型化をしたからではないかという理由付けをしています。日本語というのは複雑で、しゃべり方に、その人物の育ちや性格が表れることがよくあります。

テレビなどでも、外国の人にインタビューをしたときの吹き替えを聞くと、しゃべっている英語はほぼ同じなのに、日本語はかなり変えています。それが庶民なら庶民が話しているように、政治家ならば政治家が話しているように吹き替えがなされているのです。

花子は、マリラが田舎の開拓地で何年も暮らした女性であることから、頑固で既成の道徳でアンをしつけようとする、やや偏屈な中年女だという性格付けをしました。

「わたしはそんなふるまいには賛成しないね。……そんなばかげたことは頭から追い出してしまうがいい。……嘘を言っていると思われるからね」〔『赤毛のアン』104ページ〕

山本氏は、この口調でマリラの告白を訳してみると、かなりの違和感が生じると言います。

「……あんたがいなかったらどうなっていることやら、あたしにゃ見当もつかないよ。……これまで、あんたに対していつも厳しくてきつい言い方で接してきたんだがね、だけど、いいかね、誤解してもらってはこまるんだよ。あたしは、あんたがかわいくてたまらなかったんだよ……あんたはあたしの喜びであり、なぐさめでありなすったんだよ」〔79ページ〕

山本氏は、花子が言語感覚にすぐれた人物だっただけに、この違和感を敏感に察知し、省略の道を選んだのではないかと推察しています。

そして「『自分の想像のなかに存在するそんな村岡花子の悩める姿』がたまらなくいとおしく、心いっぱいの尊敬をささげたい」というのです〔80ページ〕。

じつは山本氏自身も、同じ口調でマリラの言葉を翻訳しはじめ、告白のシーンで行き詰まったという体験をしています。それだけに、花子の気持ちが理解できるような気がしたのはないでしょうか。

とはいえ、花子訳の『赤毛のアン』を読むと、マリラが厳しいばかりの人間でないことがわかる箇所があります。たとえば、新たな引き取り先になりそうになった家の女主人を、アンが「まるで錐《きり》みたい」と言うシーン〔『赤毛のアン』84ページ〕です。「マリラはおかしみをかみころしながらもアンをたしなめねばならないと考え、きびしい口調で言った」とあるのです。アンの表現がピタリだとマリラも思ったわけです。あるいは、隣人のリンド夫人の遠慮のない言葉にアンが怒りを爆発させる場面〔同120ページ〕です。

アンを叱りながら、マリラは、「リンド夫人の、口もきけないさっきのようすを思いだすたびに、おかしさで口もとがほころび、わるいと承知しながらも、つい笑いたくてたまらない」のでした。

また、多くの読者が物語の端々に、マリラがアンを育てていく中で次第に変化していくさまを読み取っていることも事実です。隣人のリンド夫人がマリラが変わったと言っている場面もあります。そう考えると、山本氏の「類型型」人物になってしまったという説への異論も出てきそうです。

また、単に本のボリュームが理由だったのではないかとか、アンに的を絞って訳したからではないかなどの説もあるようです。真相は、天国の花子にしかわからないのかもしれません。

アンは自分のすべきことを見てとった。
これを避けず勇敢にそれを迎えて
生涯の友としようと決心した。
――義務もそれに率直にぶつかるときには
友となるのである。

モンゴメリ著、村岡花子訳『赤毛のアン』
［新潮文庫、2013年6月10日10刷、512ページ］

Anne Shirley

原書から花子訳で省略されていた多数の箇所の謎

『赤毛のアン』は、前述のようにこの山本史郎氏のほか、多くの方が翻訳しています。この中で、2章でもご紹介した訳注付きの『赤毛のアン』翻訳シリーズを出版されている松本侑子氏は、ご自身のホームページで、「赤毛のアン電子図書館」と銘打ち、『赤毛のアン』の第1章のほか、第36、37、38章の全文を、ネット上に公開してくれています［http://homepage3.nifty.com/office-matsumoto/agg-ch01.htm］。

その訳文では、村岡花子訳との違いを色分けで示してくれ、1章末尾の解説で次のように語っています。

――村岡花子先生の御訳では、モンゴメリの長くて複雑な文章を、わかりやすく適度に省きつつ訳されています。（中略）

しかし村岡先生の御訳は、古風で、のどかな牧歌の抒情を漂わせて訳された名訳です。私は、子どものころ、14歳の時に村岡先生の御訳を初めて読み、そのおかげでモンゴメリと『アン』を愛するようになりました。

私は、モンゴメリを愛する読者の一人として、独特の才能を持つ作家モンゴメリが書いた、美しく、凝っていて、複雑なかけことばに満ちた文章の魅力を、ぜひ大人の読者の方々に知っていただきたいと思います。

そのため、拙訳は、訳注つきの全文訳です。本当のモンゴメリは、大人向けの小説を書く優れた文学作家であることを、ぜひご理解頂きたいと思います。——

花子の訳した『赤毛のアン』について、その省略が多いことの理由として、花子が、アンと同年代の読者を意識したからだという説も根強くあります。

たとえば、子どものころ『ああ無情』と題される物語を読んだ人は多いと思います。この本の原題は『レ・ミゼラブル』で、原作は膨大で難解な長編小説です。大人になって手に取ったものの、読みきれずにあきらめたという人も多いと思います。

花子の『赤毛のアン』は、無論これほどの省略はありません。しかし、山本氏が指摘するように、半分以上省略している箇所があることも確かです。その理由を、今述べたようなことと考えれば、あながち的を射ていないとも言えないような気がします。

松本侑子氏はまた、この物語は簡単でやさしい英文で書かれているのではなく、どちらかというと難解で古風な表現が多用されていると指摘しています。原文は子ども向けではなく、ヴィクトリア朝の大人向けの文体だというのです。

松本氏の翻訳意図もそこにありました。氏は花子の訳に敬意を表しつつ、大人向けの訳を試みているのです。ご自分の訳と花子の訳と、どのくらい違うかについて、氏はホームページで詳しく紹介しています。

山本氏が指摘する37章のマリラの告白のシーンを取り上げてみたいと思います。松本氏は、次のように訳しています『『赤毛のアン』集英社文庫、2013年6月8日第10刷、429～430ページ』。

「……ああ、もしあんたがいなかったら、もしもこの家に来ていなかったら、私は途方に暮れていたよ。私は頑固者で、あんたに厳しかったと我ながら思うよ。……私はあんたのことを、血と肉を分けた実の娘のように愛しているんだよ。グリーン・ゲイブルスに来たときからずっと、あんたは私の歓びであり、心の慰めだったんだよ」

この松本氏の訳は、花子の訳し方を最大限尊重しているように思えます。

たしかに、子どもの読書力に耐えられないほどの難解な文章とは思えないので、花子の意図は謎です。やはり、天国の花子に聞いてみるしかないのでしょうか。

アンは実におもしろい子で、
することも言うことも
奇想天外であった。（中略）
そしてこの本がいかにカナダ人に愛され、
各国に訳されて世界中にアンの言う
「腹心の友」を得ているかを知ったとき、
私はこれをわが国にも
紹介すべき本だと思った。

村岡花子著『生きるということ』「赤毛のアン」
［あすなろ書房、1969年11月8日発行、55ページ］

Muraoka Hanako

第6章

バイブル『赤毛のアン』の魅力と「腹心の書」の周辺

Anne Shirley & Muraoka Hanako,
Helen Adams Keller

女性の「腹心の書」としての『赤毛のアン』と『アンネの日記』

これまで、村岡花子、彼女が翻訳した『赤毛のアン』、そして、花子が多大な影響を受けたヘレン・ケラーについて、不思議な連鎖を中心に話題を拾ってきました。

改めて振り返ると、『赤毛のアン』シリーズは、全世界で5000万部も読まれ、その中でも、日本における人気は群を抜いています。シリーズ全体で1500万部以上と世界の3割を超えているのです。

翻訳された当時だけではなく、2010年8月に行われた『日経ウーマン』誌による「自分史上最高のバイブル本」アンケートで、堂々の1位を獲得しています。

ちなみに2位以下は、『夢をかなえるゾウ』〔水野敬也著〕、『7つの習慣』〔スティーブン・R・コヴィー著〕、『女性の品格』〔坂東眞理子著〕、『竜馬がゆく』〔司馬遼太郎著〕となっています。時代を反映して一時的なブームになった本も含まれ、首をかしげざるを得ないものもありますが、『赤毛のアン』だけはうなずける思いがします。

やはり、少女から高齢者まで含めた大人までの幅広い読者を獲得しているということでしょう。何度も読み返しては、それぞれの年齢に応じた読み方をしているのではないでしょうか。

そういう意味で『赤毛のアン』は、内容的にも「ビルドゥンクス・ローマン（成長文学）」の王道を行くものとして納得させられます。

多くの女性たちが、アンの故郷プリンス・エドワード島にあこがれ、そのためのツアーが大人気であることもアンの人気ぶりを裏付けています。モンゴメリが描いたとおりの豊かな自然に、訪れた誰もがアンになった気分を味わっているに違いありません。

しかし、そのほかにも、女性が少女から大人になっていく中で出会う作品はいろいろあります。『アンネの日記』や『若草物語』などがその代表でしょうか。

このうち『アンネの日記』は、もちろん歴史的な悲劇が背景にあります。しかし、一人の少女の成長の記録という面が色濃くあることが、多くの女性にとってのバイブルになっていると思われます。

また、『若草物語』は四人姉妹の物語ですが、少女たちの間には、次女の活発で明るいジョーが好きという「ジョー派」、内気でおとなしい三女のベスが素敵という「ベス派」に分かれての論争もあるようです。

彼女たちは合わせ鏡を見るように、それぞれの作品の主人公に自分を重ね合わせているのでしょう。

しかし、『赤毛のアン』や『アンネの日記』が、少女から大人になっていくその成長物語であるのに対し、『若草物語』はクリスマスからクリスマスへの一年間の出来事を物語にしたものです。

四人姉妹の、それぞれの性格分けが巧みで、読者は彼女たちのそれぞれの人物像に共通点を見出しては「腹心の書」としている感があります。

ですから、ここでは『赤毛のアン』を踏まえながら、女性たちが「腹心の書」としている本の中でも、『アンネの日記』のことを考えてみたいと思います。

奇《く》しくも、『アンネの日記』のアンネの綴りは、「Ａｎｎｅ」、赤毛のアンが、ｅをつけてと希望した綴りになっています。まさに1章で述べた「アンの連鎖」の一環として、不思議な因縁を感じさせられます。

朝はどんな朝でもよかないこと？
その日にどんなことが起こるか
わからないんですものね。
想像の余地があるからいいわ。

モンゴメリ著、村岡花子訳『赤毛のアン』
［新潮文庫、2013年6月10日10刷、60〜61ページ］

Anne Shirley

『アンネの日記』のアンネと『赤毛のアン』のアン、決定的な違いとは

『アンネの日記』は『赤毛のアン』には及びませんが、60以上の言語に訳され、2500万部を超えるベストセラーになりました。

舞台は第二次世界大戦のさなか、ドイツが占領したオランダのアムステルダムです。ドイツによるユダヤ人逮捕を避けるために、両親と姉マルゴーと自分の四人に他家族も含め、八人の人々が隠れ家に潜みます。

病気になっても医者にかかれない、音を出さないために自由に水を流せない、咳もできない、生ごみも捨てられないという「ないないづくし」の生活です。2年後、アンネたちは密告によって逮捕され、アンネは収容所で病死します。

隠れ家での2年間は、13歳から15歳という女性がもっとも変化する時期でした。ほとんどの女性がこの時期に、たとえば家族が疎ましくなったり、父親を忌避したりした体験をしているのです。現に隠れ家で、アンネは成長の印である初潮を迎えています。

こうした生活の中で、アンネは日々の出来事を「キティ」と名づけた日記に記述しつづけました。悲惨な生活の記録にもかかわらず、不思議なことに暗さはあまりなく、絶望的な状況の中でもアンネは希望を失っていません。

日記の後半に、

わたしは理想を捨てきれずにいます。なぜならいまでも信じているからです——たとえいやなことばかりでも、人間の本性はやっぱり善なのだということを。（中略）

いつかはすべてが正常に復し、いまのこういう惨害にも終止符が打たれて、平和な、静かな世界がもどってくるだろう、と。それまでは、なんとか理想を保ちつづけなくてはなりません。だってひょっとすると、ほんとうにそれらを実現できる日がやってくるかもしれないんですから。［アンネ・フランク著、深町眞理子訳『アンネの日記』文春文庫、2003年4月10日、2013年7月5日20刷、「ふたりのアンネ」575〜576ページ］

と記されていることが、その象徴として印象に残ります。

『アンネの日記』が『赤毛のアン』のように牧歌的な物語ではなく、こうした悲惨な背景を持っていながら、多くの女性読者を獲得している秘密はここにあります。

少女の心理的な葛藤と成長、恋、性への赤裸々な関心、周囲の人々への鋭い観察力や批判精神などに自分を重ねることができるからです。それは、女性の誰もが一度は通る道なのです。

このように、悲劇や絶望の中にあっても希望を見出しているという点で、アンとアンネには共通点があります。

その象徴が、繰り返すようですが、アンの場合は「曲り角の先にあるものは、きっと一番すばらしいもの」という言葉であり、アンネの場合は「人の本性は善だから」でしょう。

一方、アンとアンネの相違点は、やはり当然といえば当然なのですが、事実を記述したものであるがゆえの強烈なリアル性でしょう。

たとえば、大人との対立シーンです。アンももちろんマリラに口答えをします。こっぴどく叱られるシーンが随所に出てきます。しかし、それは決して陰湿なものではなく、どこか痛快さがあります。

アンネの場合、それが隠れ家という逃げ道のない場所であることもあって、読者も沈痛な気分に陥ります。

とにかくママには我慢がならないんです。……ママの横っ面をひっぱたきかねませんから。どうしてこんなにまでママのことが嫌いになったのか。［「《隠れ家》の暮らし（その二）」93ページ］

ママはなにかというとマルゴー（注・アンネの姉）の味方をします。……一個の人間としては、ふたりともくたばれと言ってやりたい。［「イタリア降伏」241〜242ページ］

という具合だからです。

また、性に関する描写も、関心の赴くままに正直に記述されていて、ぎょっとするような表現があります。誰にも読ませない日記という形態の特徴なのでしょう。

ただ一人生き残ったアンネの父親が、この日記を最初に世に出すとき、かなりの部分をカットしましたが、それも無理のないことだったと理解できるのです。ノーカットで再版されたのは、父親の死後のことでした。

しかし、それでも読者をつかんで話さないのは、これらの事実が自分のこととして身に迫ってくるからです。

そういう意味で、アンとアンネは女性の青春の読み物として補い合う関係にあるのかもしれません。

アンに対しては「こんな風に喧嘩や恋をしてみたい」という憧れの気持ちがあり、アンネに対しては「私もこんなふうでそっくり。みんな同じ」という親近感を持つわけです。

『アンネの日記』のアンネを、テレビ小説に取り上げられて再び脚光を浴びている『赤毛のアン』のアンと比較してみるのも興味深いものがありそうです。

あたしはいつもだれかが
必要とするような人間になりたいわ。（中略）
だれかに幸福を与えることが
できるということもすばらしいわ。

モンゴメリ著、村岡花子訳『アンの幸福』
［新潮文庫、1986年3月10日56刷、163ページ］

Anne Shirley

アン、アンネ、ヘレン、花子の生きた時代と女の生き方

それにしても、このようにさまざまに歴史的事実と小説の世界とが絡まり合う彼女たちの生きた時代とは、どんな時代だったのでしょうか。

実際に作者や関係者が生きた時代と、作品の中でヒロインたちが活躍した時代との関係はどうなっているでしょうか。そのあたりも興味あるテーマです。

アンの生みの親であるモンゴメリは、前述のように1874年、日本の年号で言えば明治7年に、カナダのプリンス・エドワード島、現在のニュー・ロンドンで生まれています。

『赤毛のアン』を書いたのは1908年（明治41年）で、舞台を自分の故郷に置き、物語の推移からすると、アンの生まれた年は1866年（慶応2年）ころに設定されているようです。

生後3か月で両親を亡くしたアンは近隣の主婦たちの家や孤児院で過ごしてのち、奇跡的な縁により、マシュウとマリラの兄妹に引き取られました。

物語はそこから始まるのですが、ようやく「自分の家」と「自分の部屋」を手に入れたアンは、そこから学校へ通い、親友もでき、16歳のとき優秀な成績でクイーン学院を卒業します。

卒業後、奨学金を得て大学入学を決めるのですが、その矢先にマシュウが急死。アンは今や故郷になった家を守るために大学をあきらめ、地元の教師になりました。2年後、18歳で念願の大学入試を果たして、22歳で卒業。高等学校校長に赴任し、25歳でかつての同級生ギルバートと結婚します。

7人もの子どもに恵まれますが、やがて第一次世界大戦が始まり、息子の一人が戦死するという悲劇に見舞われます。

『赤毛のアン』は、このように『アンの青春』『アンの愛情』などとタイトルを変えつつ、大河ドラマのような様相を示しています。

アンの「女としての生き方」については、ネットのブログなどを見ると「これほど学問に打ち込んでいたのに」と残念がる声が高いことに気づきます。第一次世界大戦は1914年、大正3年のことでしたから、まだまだ女性の自立はむずかしかったのかもしれません。

アンネは前項でお話ししたように、わずか15歳で腸チフスのためにドイツが降伏する数か月前に収容所で亡くなっています。

ジャーナリストになる希望を持っていたので、その願いを死後叶えた形になりますが、それだけにその生涯の悲劇性を高めているような気がします。

アンネの一族、フランク一家はユダヤ人とはいえ、多少の宗教的な儀式をするものの、それほどユダヤ教に固執する家庭ではなかったようです。

また、ユダヤ人が多く通うモンテッソリー・スクールに通学しているとき、アメリカ人との文通もしていいます。ですから、世が世であれば至極平和でリベラルな家庭であり、アンネの夢も叶ったに違いありません。


花子が敬愛してやまないヘレン・ケラーが生まれたのは、モンゴメリの誕生から6年後の1880年(明治13年)です。亡くなったのは1968年(昭和43年)と、88歳の長寿を保っています。

しかし、豊かな家庭と、賢く心の広い両親と、身体を張って教育をしてくれたアン・サリバンがいなければ、ヘレンの人生はきわめて暗く悲惨なものになったでしょう。日本がヘレンの来日をきっかけに福祉事業に目覚めはじめたように、どこの国でも障害者教育は不十分だったのです。

アメリカにおいても、ヘレンが生まれたころは、まだ南北戦争が終わって15年後のことであり、福祉教育など関心の外という時代だったはずです。しかも、戦争に次ぐ戦争の時代、心を痛めることも多かったに違いありません。

花子が生まれたのは明治26年（1893）、翌年には日清戦争、11年後には日露戦争が起きています。さらに、大人になってからは第一次世界大戦があり、日本が急激に欧米列強に近づいていった時代でした。

そして、極めつけは第二次世界大戦です。日本兵が戦友を送るときに口ずさんだという良寛の句「散る桜　残る桜も　散る桜」に象徴されるように、日本の戦況は悪くなる一方でした。

花子の母校の教師であるカナダ人宣教師も収容所に送られ、花子が信仰するキリスト教も白眼視され、教団幹部が検挙されるという事件もありました。

そんな時代に生きた花子にとっての唯一の救いが『アン・オブ・グリン・ゲイブルス』だったのです。のちに『赤毛のアン』として出版する日がくるなどとは夢にも思えないまま、花子は戦争のさなかにこの本を訳しつづけました。

朝ドラ『花子とアン』は、花子が空襲警報にしたがって逃げるとき、この本の原書と訳しかけた原稿を風呂敷包みでくるんで抱えるところから始まりました。それは、まさに花子のアンへの思い入れの深さを物語るものでした。

そんな花子の生き方は、このように英語力を駆使して活躍し、文章力を生かして多くの作品を発表する一方で、家庭の主婦としての視点を失わなかったことにあります。ヘレン・ケラーの言葉「インデペンデンス」のほんとうの意味を解説するときや、本を頼まれると「平凡な一主婦の平凡な感想……」という言葉が出るとき、花子がしっかりとした生活者としての地盤に立って、ものごとを考えているということが感じられます。

こうして、四人四様の生き方をたどってみると、そこにうかがわれるのは、やはり戦争が落とす影です。被害をこうむるのは、いつも弱者だと言われるように、戦争が女の生き方に大きな影響を与えている事実は否めないでしょう。

「知識は力なり」という。
しかし私は、知識とは幸福だと思う。(中略)
人類を進歩させた思想や行いを知ることは、
何世紀にもわたる人類の偉大な
「心臓の鼓動」を感じることでもある。

ヘレン・ケラー著、小倉慶郎訳『奇跡の人 ヘレン・ケラー自伝』
[新潮文庫、2013年4月5日6刷、163ページ]

Helen Adams Keller

アンの名言は『若草物語』のオルコットの作品にもあった

すでに述べたように、アンの逆境力を支える「前向き人生」を象徴するのは、アンシリーズ1の最後のシーンにおけるアンの言葉「曲り角をまがっていった先には、すばらしいものがあるにちがいない」でしょう。

じつはアン以外にも、もちろん人生の曲がり角を体験したヒロインはたくさんいるでしょうが、花子が触れているのは、あの『若草物語』を書いたルイザ・メイ・オルコットの数ある作品の一つ『昔かたぎの少女』の続編のヒロイン、ファニーです。

花子は、ファニーのことを、『赤毛のアン』を案内してのち、同じ『生きるということ』で、あらすじを紹介しています［162～166ページ］。

要約すると、

ファニーは、お金持ちの家に生まれ、両親と弟と妹とともに、何不自由のない生活をしていました。しかし、あるとき、父親が事業に失敗し破産してしまいました。これまで、贅沢三昧の暮らしをしていたファニーは、まさに曲がり角に立たされたのです。

はじめは突然襲った不幸に打ちひしがれ、不幸な自分を嘆き悲しむファニーでしたが、やがて親友ポリーの励ましもあって気を取り直します。破産の苦しみを一人で引き受けようとしている父親を慰め、病身の母親を励まし、これまで人任せにしていた家事を引き受けました。

なれない仕事に、最初はつらい思いをしましたが、次第に上手にできるようになるにつれ、一家には笑顔が戻ってきます。前よりもずっと楽しい家庭になっていたのです。

同時に、ファニー自身が変わりました。自分でも気づかないうちに、優しく思いやりのある人間に生まれ変わっていました。そのことが、ファニーに幸せをもたらしてくれました。以前から好もしいと思っていた青年からプロポーズされたのです。

花子はこのエッセイの中で、成人を迎えた若人たちに語りました。

ファニーは破産という、たいへん不幸な人生の曲り角に出あったとき、くじけてしまわず、……大きな幸福を自分の手でしっかりとつかみとったのです。

自分が幸福を得ただけではありませんで、彼女のまわりの人たちもまた、その勇気とあたたかい心によって、なぐさめられ、力を得たのでした。［164ページ］

このエッセイは、次の言葉で終わっています。

そうして人生の曲り角に立つとき、胸に希望の灯を消さず、勇気をもって進んでゆかれますように。［166ページ］

アンやファニーと同じように、花子にとっても、「曲がり角」は、重要なキーワードだったのではないでしょうか。

道の曲り角に出たのである。
角をまがれば、大学があらゆる虹のような
希望につつまれて建っている。
しかし同時に、角を曲ったとたん、
この二年の間にかけがえなく
美しい喜びとなった小さな務めや、
好きなものをいっさい、
置き去りにしなければならないのだ。

村岡花子著『生きるということ』「赤毛のアン」
［あすなろ書房、1969年11月8日発行、55ページ］

Anne Shirley

「少女小説」批判に対して花子の熱い思い

本には、昔から「少女小説」という分野があります。少女趣味の小説、あるいは少女を対象に書かれた小説のことを言います。

日本で初めて少女向けの雑誌が創られたのは明治35年のことで、『少女界』、その後『少女世界』、『少女の友』、『少女画報』、『少女倶楽部』などが創刊され、こうした雑誌に少女向けの小説が掲載されました。

大正時代に入ると少女小説は隆盛を迎え、吉屋信子の『花物語』などの小説と中原淳一を代表とする挿絵は、昭和に至るまで読者の心を捉えつづけました。

しかし、少女小説に対する文学的な評価は低く、少女趣味に偏った小説、女子どもの読み物、といった見方が強かったのです。ですから、ノーベル賞作家の川端康成や著名な歌人与謝野晶子や大衆小説の大家吉川英治なども書いているにもかかわらず、評価の対象にはなりませんでした。

しかし、少女小説は根強い人気を保ち、昭和41年（1966）、集英社は雑誌や文庫の形で発刊、氷室冴子や新井素子らの作家が誕生しました。コミックとしても、多くの「少女もの」が発刊されています。

平成になると、いわゆる少女小説ブームは影を潜めましたが、ファンタジー作品に姿を変えて、やはり読者の少女たちの共感を得ています。

このように、明治時代から連綿と書きつづけられている少女小説ですが、今に至るまで変わらないのは、これら少女小説に対する評価の低さです。

花子は、読むことを禁じる親や教師がいるという状況に対して、昭和28年（1953）、ある反論を試みています［『生活の流れに棹さして』「少女のための文学について」東洋経済新報社、1953年3月1日発行、26ページ〜33ページ］。

今から60年も前のことですが、現代にも通じるものがあります。

花子は、少女小説は、登場人物や出来事を批評しながら読むと、より面白くなると言いました。そして、読むことを禁じている大人に向かって、こう言っています。

「批判を使って読んで行くと、その物語の構成や人物描写の中に不自然さがある場合などには気がついて来ます。……もっと人生の真実にふれてゆくものへ心を引かれるようになるのですから、……子供っぽいロマンスから脱け切ることになるでしょう」［26ページ］

つまり、幼年時代の子ども向けの作品を卒業した少女たちが、さらに上の分野の作品を読むようになるための過渡期の読み物として少女小説を捉えたのです。花子は、昨日まで少女小説に夢中になっていた少女にオルコットの作品を読ませたら「今までの少女小説を読む気がしなくなる」と言った少女の話を例に挙げています。

少女たちは成長してゆく。きのうの嗜好はもはや今日のものではない。短くなった服を脱ぎ捨てるように、心の背たけに合わなくなったものからどんどん離れてゆく。［32ページ］

定評のあるカナダの少女小説の翻訳を読んだ少女の評に「……私はカナダの一農村の物語を読み、深い喜びを感じました。あの小説の主人公アンという少女の無邪気なおしゃべりや素晴らしい想像力、素直で純真な乙女心に、私は他で味わえない喜びと興奮に満たされながら読みつづけました」と。［33ページ］

花子は、『赤毛のアン』が、こんな風に読まれていることをどれほど喜んだことでしょう。

私の住む世界は四方を壁に囲まれていたが、
それでも本をめくりさえすれば、
外側の世界を知ることができたのだ。

ヘレン・ケラー著、小倉慶郎訳『奇跡の人 ヘレン・ケラー自伝』
［新潮文庫、2013年4月5日6刷、149～150ページ］

Helen Adams Keller

落合恵子、壇ふみ、工藤夕貴……ファンの語る『赤毛のアン』

『赤毛のアン』は、映画やアニメも大ヒットしています。日本では、1979年に世界名作劇場シリーズとして放映されました。50話まで続いたうちの6話が再編集された劇場版も公開されました。

そのアニメ50話は、朝ドラ『花子とアン』が始まったことに合わせて、NHKのBSプレミアムで再び観ることができるようになりました。

1章でご紹介した杏さんのように、アニメ版の『赤毛のアン』によってアンと知り合ったという人も多いと思います。

『赤毛のアン』の翻訳者を主役としている朝ドラ版との相乗作用で、再びアンブームが起きています。

しかし、もしかしたら再びというよりはアンブームは廃れることなく、ずっと続いていると言えるのかもしれません。なぜならば、作家や文化人、あるいは多くの女優さんたちが、世代を超えてアンの魅力にとりつかれ、大きな影響を受けてきているからです。

たとえば『やっぱり赤毛のアンが好き』〔世界文化社、松本正司・香織ほか著、1994年8月10日発行〕という本には、熱心なファンとして、作家の落合恵子、女優の壇ふみ、工藤夕貴の各氏ほか、男性を含む16人が、エッセイを寄せています。

意外なことに、男性のファンも多いようです。女子ども の読み物と少々バカにしていた男性が、ちょっと読んでみたら、その魅力に引き込まれたというケースです。こうした男性ファンも含めて、この人たちが『赤毛のアン』をどのように「好き」なのか、かいつまんでポイントを紹介しておきましょう。

落合恵子さんの場合〔38〜42ページ〕

作家の落合恵子さんは、アンの故郷プリンス・エドワード島を旅した学生時代の友人に宛てた私信という形で、エッセイを寄せています。

島には、30数年前の自分たちのような女の子が多かったという友人からの電話で、彼女は、中学時代、アンに倣《なら》って物語クラブを作ったことを思い出します。そのノートは、アンが好きだった「恋人たちの小径」にちなんでグリーンの表紙でした。

アン・ブックスが、わたしたち女の子の感情生活に、どんな刺激や癒し、きょうを明日に繋いでいく弾みを与えてくれたのか。充分に解明するには、もう少し時間が必要かもしれませんが、とにかくわたしたちはアン・ブックスに夢中でした。（中略）

校庭に、数本のリラの木……アンの末娘の名前もリラでした……があり、花をつける季節になると、わたしたちはそれだけでうっとりとした気分になったものでした。アンの日常に、ほんの少し近づけた気がして。

しかし、アンの真似をして、登下校の道に名前をつけたり、古い洋館には素敵な女性が住んでいると想像したりして楽しんだ彼女たちも大人になるときがきます。無条件で空想を楽しむわけにもいかなくなったのでしょう。

ですから、「どうして、アンは結婚して教師をやめてしまったのかしら？」という疑問を持つようになるのです。そういう意味で、アンは、いつ読んでも、その世代に応じた読み方ができるのではないでしょうか。

それでも、落合さんは、キャロル・キングの歌を引いて、次のように結んでいます。

……落ち込んだとき、すべてが裏目に出てしまったとき、わたしの名前を呼んで。……だって、わたしは、あなたの友だちだもの。

当時のわたしたちにとって、アンはまさにそんな存在だったのかもしれません。

檀ふみさんの場合［78〜81ページ］

女優の壇ふみさんは、11歳で『赤毛のアン』を開いたときから、彼女の青春は始まったと断言しています。そのことを、「青春を『人生の春』というならば、私の春のため息は、ことごとくアンとともに訪れた」と印象的に表現しています。

彼女はアンを100回も読み、いつかプリンス・エドワード島へ行くことを夢見ました。そして「強く思えば必ず叶う」と言われるとおり、そのチャンスが訪れたのは、それから20年後のことでした。

女優が思い入れの旅をするという企画が持ち上がり、彼女は迷うことなくプリンス・エドワード島と答えたのでした。彼女がそこに見たのは、まさにアンの世界そのものでした。

その風景が、アンの時代と変わることのないように、大切に守られているのを知った。人々も、アンの世界の人たちのように、手作りの生活を楽しんでいた。

そして、壇氏もまた、青春を過ぎてのちも、アンとともに生きている自分を知るのです。

デパートで薔薇のつぼみのついた紅茶カップを見かける。アンがダイアナをもてなしたかったのは、こんなティー・セットじゃないかしらとふと思う。(中略)花、お菓子、パッチワーク、綺麗な服……日々出会う小さなものが、私をたちまちアンの世界へと誘う。

工藤夕貴さんの場合[118〜119ページ]

主としてアメリカで活躍している女優の工藤夕貴さんは、赤毛のアンをたんぽぽにたとえています。

強風にも大雨にもくじけることなく、大地にしっかりと根を張って、花びらを広げるタンポポは、いつも希望を捨てなかったアンそのものだというのです。

そして、「私は『赤毛のアン』という本に出会って、生きることの本当の喜びを見つけたような気がします」と言います。

しかも、彼女もまた、自分はアンであると信じた一人でした。想像の世界に遊んで、いつもアンを演じていた彼女でした。

今でも私の中には、マシューやマリラに愛されたお日様のようなアンがはつらつと生きています。

作家になる夢もアンから始まったそうです。ですから、彼女の作品『王女シルビア』［小学館］も、アンとの出会いがなければ生まれなかったかもしれません。

サトウサンペイさんの場合［25～30ページ］

漫画家のサトウサンペイ氏の場合、「すごい本だから一度読め」という手紙とともに送られてきた本が『赤毛のアン』だったそうです。

いかにも少女趣味的な本に見えて、しばらく放っておいたのですが、あるとき、ふと開いてみると、終わりまで一気に読んでしまったと言います。

カナダの自然の香りが漂ってきて、そのすがすがしい空気の中にいるような気持ちになったそうです。

サトウ氏はとくに冒頭、駅で待っていたのが女の子であることにとまどいながら、その女の子を家に連れ帰ることにしたマシュウと彼女との道中の会話に魅せられたようです。

想像力を駆使して、うっとりと風景を眺める子どもと、素朴な受け答えをするマシュウです。そのおかしな会話を聞いているうちに、サトウ氏は自分がだんだんマシュウに似てきたり、アンになってしまったような気分になったりするのでした。

そしてサトウ氏は、「とうとう一気に読んでしまい、すがすがしい聖なる朝を迎えた」のです。

あたらしい友だちが出来ればいいと思うわ。
そう思うと、人生に対する魅力がましてくるのですもの。
でも、どんなにたくさん新しい友だちが出来たとしても、
あたしにとっては古い友だちのほうが大事だわ。

モンゴメリ著、村岡花子訳『アンの青春』
［新潮文庫、1978年4月30日48刷、329ページ］

Anne Shirley

大人になっても、アンをときどき読みたくなるのはなぜか

たとえば、70歳を超えた年齢になっても、いつも『赤毛のアン』の全巻を手が届くところに置いて読み返している人がいます。ときには、英語版を引っ張り出して読んでいるといいます。

まさに「病膏肓《やまいこうこう》」と言えそうで、「赤毛のアン」病にかかっているといえるでしょう。なぜ、多くの女性たちが、大人になってもアンを読みたくなるのでしょうか。その答えは、花子のエッセイにありそうです〔『心の饗宴』「静かなる青春」〕。

若いとき、花子は周囲の人々と違うことを考えていることに、深い孤独感を味わっていました。

その息苦しくなるような不自由さの中で、花子を救ったのは読書でした。

この寂しい時代があったればこそ、広く読書もし、深く思索することも出来た……若い年月をみっしりと思索して過ごしたことは結局幸いだったと思

う。［23ページ］

そして、ゼーン・スツラトン・ポーターの『黄色の帝王蛾』という小説が翻訳・出版されたことを、新聞で知った花子は、同じ作者の『リムバロストの乙女』という物語を読みふけった夏の山小屋を思い出しました。

その本を私はこの年月、もう一度読み返したいと思い思っていた。それを読みたいというよりも、その物語を熱読していた時分の若々しい心持がなつかしいのである。森で暮したその乙女の物語を、森の中で読んだそのかみのおとめ心のときめきがなつかしいのである。［24ページ］

なお、3章で述べたように、花子はその後、この本を翻訳しています。花子にとって、すべての思い出は、書物と結びついていたのです。

私にとって一冊の書物はその本を読んだ時、その折々の自分の心の状態の記念のような気がする。［24ページ］

花子にかぎらず、人は自分の歩んできた人生の、とくに感じやすかった思春期のころからの自分の精神の歴史を思い出すための、そのよすがとして昔読んだ本を再び手に取りたくなるのでしょう。

70歳を越えた今でも『赤毛のアン』が手の届くところにあり、その「心の状態の記念」をときどき読み返しているという女性も、そうすることで若いころの自分や「腹心の友」たちに何度でも会えるに違いありません。

そして、現に物理的な年齢よりもずっと若々しい肉体と感受性を、彼女は保っています。おそらく、彼女たちにとって『赤毛のアン』は心の故郷、帰りつく家なのでしょう。そしてそこにときどき帰ることによって、命の若やぎを得るのです。

1章で書いたことを思い出します。

アンの世界、そして花子とヘレン・ケラーも含め、私たちははるかな青春時代を思い出すとともに、毎日あわただしく生活に追われる日々の中で、長いこと忘れていた何か大事なものに、久しぶりに巡り合ったような気がするのです。

アンと花子とヘレン・ケラーの世界は、生涯に何度も折に触れて帰りたくなる私たちの「故郷」であり「我が家」であること、そしてそうした「故郷」と「我が家」のあることがいかに幸せであるか、そのことをしみじみと感じながら筆を擱《お》きます。

家に帰るってうれしいものね。
自分の家ときまったところに帰るのはね。

モンゴメリ著、村岡花子訳『赤毛のアン』
［新潮文庫、2013年6月10日10刷、132ページ］

Anne Shirley

参考文献

L・M・モンゴメリ著『赤毛のアン』村岡花子訳、新潮文庫、1954年7月28日発行、1976年10月15日49刷。

L・M・モンゴメリ著『赤毛のアン』――赤毛のアン・シリーズ1　村岡花子訳、新潮文庫、2008年2月25日発行、2013年6月10日10刷。

L・M・モンゴメリ著『赤毛のアン』松本侑子訳、集英社文庫、2000年5月25日第1刷、2013年6月8日10刷。

L・M・モンゴメリ著『赤毛のアン』中村佐喜子訳、角川文庫、1957年11月30日初版、1984年6月30日45版。

L・M・モンゴメリ著『アンの愛情』村岡花子訳、新潮文庫、1956年5月30日発行、1978年5月30日43刷。

L・M・モンゴメリ著『アンの青春』村岡花子訳、新潮文庫、1955年3月10日発行、1978年4月30日48刷。

L・M・モンゴメリ著『アンの幸福』村岡花子訳、新潮文庫、1958年2月28日発行、1986年3月10日56刷。

L・M・モンゴメリ著『アンの夢の家』村岡花子訳、新潮文庫、1958年8月25日発行、1985年12月20日54刷。

村岡花子著『母心随想』時代社、1940年6月22日発行。

村岡花子著『村岡花子随筆集 心の饗宴』時代社、1941年4月20日発行。

村岡花子著『母心抄』西村書店、1942年10月5日発行。

村岡花子著『生活の流れに棹さして』東洋経済新報社、1953年3月1日発行。

村岡花子著『女性の生き甲斐』牧書店、1953年10月28日発行。

村岡花子著『生きるということ』あすなろ書房、1969年11月8日発行。

村岡花子著『若き母に語る』池田書店、1960年5月20日発行。

村岡花子著『村岡花子エッセイ集 腹心の友たちへ』河出書房新社、2014年2月28日発行。

L・M・モンゴメリ著『険しい道 モンゴメリ自叙伝』山口昌子訳、篠崎書林、1979年3月15日発行、1984年12月20日9刷。

ハリー・ブルース著『モンゴメリ「赤毛のアン」への遥かなる道』橘高弓枝訳、偕成社、1996年5月初版1刷。

ヘレン・ケラー著『楽天主義』塚原秀峰訳、内外出版協会、1907年4月30日発行。

ヘレン・ケラー著『いのちの夜明け』渋谷夏雄訳、学習館、1955年5月27日発行。

エレナ・ポーター著『スウ姉さん』村岡花子訳、角川文庫、１９６５年12月20日初版発行、１９６９年５月30日９版発行。

ヘレン・ケラー著『楽天主義』岡文正監訳、サクセス・マルチミディア・インク、２００５年３月31日発行。

ヘレン・ケラー著『ヘレン・ケラー自伝』川西進訳、ぶどう社、１９８２年６月１日発行、１９９３年11月10日12版。

ヘレン・ケラー著『奇跡の人 ヘレン・ケラー自伝』小倉慶郎訳、新潮文庫、２００４年８月１日発行、２０１３年４月５日６刷。

ヘレン・ケラー著『ヘレン・ケラー 光の中へ』鳥田恵訳／高橋和夫監修、めるくまーる、１９９２年10月20日発行。

ヘレン・ケラー著『奇跡の人の奇跡の言葉』高橋和夫・鳥田恵共訳、エイチアンドアイ、２００６年５月11日第１刷発行。

村岡花子著『ヘレン・ケラー』偕成社、１９５０年４月初版、１９８８年４月改訂版１刷。

村岡花子著『世界偉人伝全集４ 二十世紀の奇跡 ヘレン・ケラー』偕成社、１９６５年11月５日発行。

山主敏子著『世界の伝記42 ヘレン＝ケラー』ぎょうせい、１９８０年９月10日発行、２００５年12月10日新装版発行。

中村久子著『中村久子自伝 こころの手足』春秋社、１９９９年11月20日第１刷発行。

山田紘一著『中村久子の一生 手足なくても』教育書籍、１９９５年４月１日第１刷発行。

瀬上敏雄編著『中村久子の一生 いのちありがとう』春秋社、１９９７年２月10日第１刷発行。

中村富子著『わが母 中村久子』春秋社、１９９８年11月20日第１刷発行。

上田敏訳著『海潮音 上田敏訳詩集』新潮文庫、１９５２年11月28日発行、２０１４年２月５日58刷。

村岡恵理著『アンのゆりかご 村岡花子の生涯』新潮文庫、２０１１年９月１日発行、２０１４年２月25日４刷
山本史郎著『東大の教室で「赤毛のアン」を読む』東京大学出版会、２００８年12月10日初版。

松本正司・香織ほか著『やっぱり赤毛のアンが好き』世界文化社、１９９４年８月10日初版第１刷発行。

村岡恵理著『花子とアンへの道 本が好き、仕事が好き、ひとが好き』新潮社、２０１４年３月25日発行。

村岡恵理監修『村岡花子「赤毛のアン」の翻訳家、女性にエールを送りつづけた評論家』

　河出書房新社ＫＡＷＡＤＥ夢ムック文藝別冊、２０１４年３月30日初版発行。

村岡恵理著『「赤毛のアン」と花子 翻訳家・村岡花子の物語』学研教育出版、２０１４年３月28日第１刷発行。

アンネ・フランク著『アンネの日記』深町眞理子訳、増補新訂版、文春文庫、２００３年４月10日第１刷、２０１３年７月５日20刷。

湊かなえ著『白ゆき姫殺人事件』集英社文庫、２０１４年２月25日第１刷、２０１４年３月30日４刷。

原口泉著『会津 名君の系譜』ウェッジ、２０１３年８月31日第１刷発行。

企画・制作✦
株式会社東京出版企画

編集協力✦
有限会社ユニビジョン
株式会社モデリスト
株式会社アイ・ティ・コム

装幀✦
日下充典

本文デザイン✦
KUSAKAHOUSE

カバーイラスト「赤毛のアン」提供✦
DPI・NGO法人 国連クラシックライブ協会

編著者紹介

柳下要司郎

フリーの編集者。京都大学独文科卒。『人生の穴うめ名言集』〔幻冬舎〕など自著のほか、多湖輝『頭の体操』、池波正太郎『男の作法』など多くのベストセラー企画・出版を手がける。

郷田雄二

出版社勤務を経て編集プロダクションを設立。雑誌・書籍の企画立案・編集・執筆を主軸に、分野は政治経済・経営物から芸能・エンタメ物まで幅広く手がける。

福島恵津子

㈱アイ・ティ・コム所属ライター。早稲田大学仏文科卒。児童・教育書を中心に企画・著者発掘から調査・執筆を手がける。

田川妙子

㈱アイ・ティ・コム所属ライター。歴史書、教育書、健康書を中心に、緻密な調査・データ管理に定評ある執筆を手がける。

大山高

帝京大学経済学部専任講師。ニュージーランドの高校を卒業後、立命館アジア太平洋大学入学。立命館大学大学院経営管理研究科修了。研究対象となる海外出版物は原書で読む。

相川誠

TV局、出版社勤務を経て現在は出版プロデューサー。得意分野は経済、投資、心理学。趣味の卓球はプロ並の腕前。

強く、たくましく、しなやかに生きる知恵
赤毛のアン&花子の生き方とヘレン・ケラー奇跡の言葉

2014年7月8日 初版 第1刷発行

編著者◆
アンと花子さん東京研究会

発行者◆
木村通子

発行所◆
株式会社 神宮館
〒110-0015 東京都台東区東上野1丁目1番4号
電話◆03-3831-1638(代)
FAX◆03-3834-3332

印刷・製本◆
誠宏印刷株式会社

万一、落丁乱丁のある場合は送料小社負担でお取替え致します。小社宛にお送りください。
本書の一部あるいは全部を無断で複写複製することは、法律で認められた場合を除き、著作権の侵害となります。定価はカバーに表示してあります。

ISBN 978-4-86076-218-6
Printed in Japan
神宮館ホームページアドレス◆http://www.jingukan.co.jp
1460180